STAR WARS™

EPISODE II

ANGRIFF DER KLONKRIEGER™

Patricia C. Wrede

Dino

Die Deutsche Bibliothek – CIP-Einheitsaufnahme

Ein Titeldatensatz für diese Publikation ist bei der Deutschen Bibliothek erhältlich.

*Dieses Buch wurde auf chlorfreiem,
umweltfreundlich hergestelltem
Papier gedruckt.*

In neuer Rechtschreibung.

Deutsche Ausgabe 2002 by Dino entertainment AG,
Rotebühlstraße 87, 70178 Stuttgart

Titel der amerikanischen Originalausgabe: „Patricia C. Wrede: Star Wars: Attack of the Clones"

Übersetzung: Dominik Kuhn
Redaktion: Mathias Ulinski, Holger Wiest
Chefredaktion: Jo Löffler
Umschlaggestaltung: TAB Werbung GmbH, Stuttgart,
basierend auf dem US-Cover Design von Louise Bova
Satz: Greiner & Reichel, Köln
Druck: Ebner & Spiegel, Ulm
ISBN: 3-89748-563-X

Dino entertainment AG im Internet: www.dinoAG.de
www.starwars.com

PROLOG

Es war einmal vor langer Zeit in einer weit, weit entfernten Galaxis ...

Seit Generationen sorgten die Jedi-Ritter für Frieden unter den vielen Welten der Galaktischen Republik. Sie schufen die Gesetze nicht – das war die Aufgabe des Galaktischen Senats. Die Jedi sorgten nur dafür, dass die Gesetze eingehalten wurden. Manchmal führten sie Verhandlungen, manchmal setzten sie ihre überragenden Kampfeskünste ein, manchmal bedienten sie sich der geheimnisvollen Kräfte der Macht. Ihre Methoden waren extrem wirksam. Seit tausenden von Generationen hatte es in der Galaxis keinen großen Krieg mehr gegeben. Nur einige wenige Planeten hatten ernsthaftere Konflikte erlebt.

Einer dieser Planeten war eine kleine, überwiegend von Wasser bedeckte Welt namens Naboo gewesen. Während eines Streits über die Besteuerung von Handelsrouten hatte die mächtige Handelsföderation eine riesige Droiden-Armee auf Naboo stationiert. Die erst kürzlich gewählte Königin von Naboo, die junge Padmé Amidala, hatte ihre

Kapitulation verweigert. Ihr Heldenmut und der Einsatz der Jedi hatten den Konflikt zu einem schnellen Ende gebracht, doch viele aus dem Naboo-Volk waren verletzt oder getötet worden.

Diese Erfahrung hatte bei Padmé einen tiefen Eindruck hinterlassen. Nachdem sie ihre zwei Amtsperioden als Königin beendet hatte, hatte sie der Politik nicht den Rücken gekehrt. Stattdessen hatte sie sich auf Drängen der neuen Königin für das Amt einer Galaktischen Senatorin beworben und war so die Repräsentantin von Naboo geworden. Im Senat setzte sie sich fortan mit aller Kraft für den Frieden ein.

Eine solche Stimme wurde auch dringend benötigt. Der Senat war groß geworden und erstickte beinahe an seiner Bürokratie. Viele Völker waren unzufrieden; manche redeten sogar davon, den Senat zu verlassen und eine eigene Regierung zu bilden. Diese Separatisten waren keine ernsthafte Bedrohung gewesen, bis Count Dooku, ein ehemaliger Jedi-Ritter, sie alle unter seiner Führung zusammengeschlossen hatte.

Diese Separatistenbewegung machte es den wenigen Jedi-Rittern nicht leicht, den Frieden weiterhin aufrecht zu erhalten. Und während die Aufgabe der Jedi schwerer wurde, schlossen sich immer mehr Sternensysteme den Separatisten an. Viele Mitglieder des Senats befürchteten, dass es Krieg geben würde, wenn die Separatisten nicht zur Vernunft kämen. Und jeder wusste, dass es zu wenig

Jedi gab, um den Frieden aufrecht zu erhalten. Zum ersten Mal seit eintausend Generationen musste der Senat darüber abstimmen, ob man eine Armee aufstellen sollte.

Die Anspannung stieg, als diejenigen, die das von den Separatisten verursachte Chaos fürchteten, mit denen zusammenstießen, die befürchteten, dass eine Mobilmachung jede Hoffnung auf Frieden zunichte machen würde. Senatorin Padmé Amidala gehörte zu denen, die sich gegen die Aufstellung einer Armee aussprachen. Ihre Entschlossenheit und ihr Einsatz, die durch die kurze Invasion Naboos vor zehn Jahren nur gestärkt worden waren, verschafften ihren Worten im Senat große Überzeugungskraft. Nicht wenige Senatoren, die für die Aufstellung einer Armee waren, hätten es sicher gern gesehen, wenn Padmé für immer verschwinden würde.

Padmé war sich dieser Gefahr bewusst, doch ihr Pflichtgefühl war sehr stark – und noch stärker war ihre Friedensliebe. Als die Zeit der endgültigen Entscheidung gekommen war, machte sie sich auf den Weg nach Coruscant, um ihre Stimme gegen die Aufstellung einer Armee der Republik abzugeben.

KAPITEL 1

Senatorin Padmé Amidala sah aus der Hauptsichtscheibe ihres Raumschiffs hinunter auf den sich nähernden Planeten. *Sogar aus dem All sieht Coruscant anders aus als andere Welten,* dachte sie. Die meisten Planeten zeigten auf der Tagesseite ihre Farben – das Grün von Waldplaneten, das Blau von Wasserplaneten, das glitzernde Weiß von Eiswelten, das sandige Gelb von Wüstenplaneten wie Tatooine. Auf ihrer Nachtseite waren die meisten Planeten dunkel und vielleicht zeigte hier und da ein Glitzern die Lage der größten Städte an.

Coruscants Tagesseite war ein mattes, metallenes Grau. Die Farbe von Millionen von Gebäuden und Plattformen, die seine gesamte Oberfläche bedeckten. Die Nachtseite leuchtete im bernsteinfarbenen Licht dieser Gebäude, die wie Sterne einer Miniaturgalaxis aussahen. *Nur auf Coruscant ist die Nacht attraktiver als der Tag,* dachte Padmé.

Der Königliche Naboo-Kreuzer und seine drei eskortierenden Kampfjäger flogen um Coruscant herum zur angewiesenen Landeplattform. Padmé hatte die Eskorte nicht gewollt, doch ihr Sicherheitsoffizier hatte darauf bestanden, da sie in Gefahr war. Captain Typho machte seine Arbeit gut, also hatte sie widerstrebend zugesagt. Da auf der Reise nichts geschehen war, bereute sie schon, eingelenkt zu haben.

Die drei blattförmigen Ausleger der Landeplattform kamen in Sicht. Der Königliche Sternenkreuzer landete auf dem zentralen Blatt. Die drei Kampfjäger nahmen die anderen Ausleger, zwei von ihnen auf einer Seite und einer auf der anderen. Captain Typho, der einen der drei Jäger geflogen hatte, schwang sich aus seinem Cockpit und nahm den Helm ab.

„Wir haben es geschafft", sagte er. „Ich habe mich wohl geirrt. Es bestand keine Gefahr."

Padmé hörte ihm nur halb zu. Auf der Plattform sah sie Dormé, eine ihrer Leibwächter-Dienerinnen, inmitten der Landecrew warten. Dormé machte einen müden und angespannten Eindruck. *Sie ist nur besorgt,* dachte Padmé. *Sie kann ja nicht wissen, wie ereignislos die Reise verlaufen ist.*

Die Rampe des Kreuzers senkte sich zu Boden. Zuerst gingen Padmés Wachen hinunter, dann der Rest der Senatoren-Begleiter. Die Bodencrew sah zu, als sie den Fuß der Rampe erreichten.

Im nächsten Moment riss etwas Padmé von den Beinen. Durch das Brüllen in ihren Ohren hörte sie Schreie des Entsetzens. Sie hustete und blinzelte angestrengt, um das dunkle Bild in ihren Augen loszuwerden – das Bild des explodierenden Königlichen Kreuzers. *Captain Typho hat also doch Recht gehabt,* dachte sie. Und dann: *Cordé! Geht es Cordé gut?*

Sie war noch immer ein wenig außer Atem nach ihrem Sturz, wollte sich aber vergewissern. Sie richtete sich auf und lief auf das Wrack zu. Am Fuß der Rampe lagen mehrere verkrümmte Gestalten. Eine davon war Cordé, die Doppelgängerin, die sich zur Ablenkung als Senatorin Amidala ausgegeben hatte ... viel zu gut, zu ihrem eigenen Schaden.

Padmé riss ihren Pilotenhelm vom Kopf und zog Cordé zu sich in die Arme. „Cordé ..."

Cordé öffnete die Augen. Einen Moment starrte sie Padmé mit leerem Blick an, dann schien sie sie zu erkennen. „Mylady ... Es tut mir so Leid", stöhnte sie. „Ich ... bin mir nicht sicher ... ich habe Euch enttäuscht, Senatorin."

Enttäuscht? Nein! Doch bevor sie es sagen konnte, spürte Padmé, wie das Leben aus Cordé wich. Sie zog ihre Leibwächterin dicht an sich heran, so als könnte sie sie durch pure Willenskraft wieder zum Leben erwecken. „Nein", flüsterte sie. „Nein!" *Nicht jetzt, nicht hier, nicht während wir auf Coruscant in Sicherheit sind.*

Doch Coruscant war nicht sicher. Captain Typho hatte angenommen, dass ein Angriff während der Reise geschehen würde; dort, wo ein Attentäter in den leeren Raum fliehen konnte. Daher hatte er auch darauf bestanden, dass Padmé sich nicht nur auf ihr Double verließ, sondern auch einen der Jäger flog. „Ein Doppelgänger nützt nichts, wenn Ihr genau neben ihm steht", hatte er zu ihr gesagt. „Solange Ihr an Bord seid, wird jeder, der das Schiff angreift, Euch angreifen, auch wenn Cordé als Senatorin auftritt. Ihr müsst anderswo sein." Sie war anderswo gewesen und jetzt war Cordé ums Leben gekommen. Jetzt, wo sie doch bald hätten in der Lage sein müssen, ihre Sorgen zu vergessen.

Typhos drängende Stimme erreichte sie wie ein Echo ihrer Gedanken. „Mylady ... Ihr befindet Euch hier immer noch in Gefahr."

Padmé ließ Cordé – Cordés Leichnam – langsam sinken. Sie hob den Blick und sah noch mehr reglose Körper: zwei ihrer Wachen und noch eine Dienerin. Sie schluckte schwer und zwang ihren Blick auf das zertrümmerte Wrack des Raumschiffes. *Der Pilot des Kreuzers war noch an Bord. Und noch andere ... Wie viele andere?* Tränen stiegen ihr in die Augen. „Ich hätte nicht zurückkommen dürfen", murmelte sie halb zu sich selbst.

„Diese Abstimmung ist von großer Wichtigkeit", erinnerte Typho sie. „Ihr habt Eure Pflicht getan – und Cordé die ihre. Nun kommt."

Padmé zögerte und blinzelte gegen die Tränen an. Das Mindeste, was sie jetzt tun konnte, war, diese Menschen genau anzusehen. Diese Leute, die ihr Leben für sie geopfert hatten. *Ich werde nicht zulassen, dass ihr Opfer umsonst war,* versprach sie still. *Wir WERDEN Frieden haben.*

„Senatorin Amidala, bitte!"

Captain Typhos Stimme klang ebenso verzweifelt wie drängend. Er hatte wieder Recht: Sie musste gehen. Padmé sah sich ein letztes Mal um und brannte das Bild des Wracks in ihre Erinnerung. Dann drehte sie sich um und ging gemeinsam mit Typho los. Hinter ihr hörte sie ein leises, wimmerndes Geräusch von ihrem treuen Droiden R2-D2, doch sie wandte sich nicht um. Sie musste ihre Arbeit erledigen.

Sich umzuziehen und in den Senatssaal zu gelangen dauerte länger, als Padmé angenommen hatte. Als sie mit ihrer Eskorte ankam, waren schon die meisten Schwebeplattformen an den Wänden der riesigen Arena besetzt und die Sitzung hatte bereits begonnen. Padmé hörte gerade einen der Senatoren rufen, als sie ihre Plattform betrat.

„... braucht mehr Sicherheit! Bevor es zum Krieg kommt!"

Padmé drehte den Kopf. Der Sprecher war Orn Free Taa, der fette, blauhäutige Senator von Twi'leck und einer der größten Befürworter der Mobilmachung.

„Muss ich den Senator daran erinnern, dass die Verhandlungen mit den Separatisten noch andauern?", fragte Kanzler Palpatine mahnend. Padmé fiel es nicht leicht zu begreifen, wie er angesichts dieser dauernden Provokationen so ruhig bleiben konnte. Doch irgendwie schien Palpatine das wütende Geschrei um ihn herum niemals zu berühren. „Frieden ist unser Ziel", fügte der Kanzler hinzu, „nicht Krieg."

Als die Senatoren Antworten auf die Kommentare des Kanzlers riefen, drückte Padmé ein paar Tasten an den Kontrollen ihrer Plattform und setzte sie in Bewegung. Geschickt manövrierte sie um die anderen Plattformen herum, die bereits in der Nähe des Zentrums der Arena schwebten. Als sie sie passierte, sah sie, wer in den anderen Kapseln saß – Ask Aak von Malastare, Darsana von Glee Anselm und natürlich Orn Free Taa, allesamt Befürworter der Mobilmachung. Es war gut, dass sie gerade jetzt angekommen war.

„Meine geschätzten Kollegen, ich stimme dem Obersten Kanzler zu!", sagte Padmé, als sie den Rednerbereich erreicht hatte. „Wir müssen den Krieg um jeden Preis vermeiden!"

Zu Padmés Erstaunen legte sich eine überraschte Stille über den gesamten Senat. Einen Augenblick später brandete Applaus und Jubel von allen Plattformen auf. Sogar Orn Free Taa und Ask Aak schlossen sich an, wenn auch weniger begeistert.

„Mit großer Überraschung und Freude grüßt der Vorsitzende die Senatorin von Naboo, Padmé Amidala", sagte Kanzler Palpatine. Das ungewöhnliche Gefühl der Erleichterung in seiner Stimme verriet Padmé, was geschehen war.

Sie müssen von der Explosion gehört haben, dachte Padmé. Nun, vielleicht konnte sie diesen Anschlag als Argument dafür anführen, wie wichtig dieser Gesetzesentscheid war. „Vor weniger als einer Stunde wurde ein Anschlag auf mein Leben verübt", begann sie. „Eine meiner Leibwächterinnen und sechs andere wurden hinterrücks und feige ermordet." Ihre Stimme zitterte, als sie an Cordé dachte, doch sie zwang sich zur Ruhe. Sie *musste* ihnen zeigen, wie wichtig es war, Krieg zu vermeiden.

„Ich war das Ziel dieses Anschlags", fuhr Padmé fort. „Aber noch wichtiger ist, dass meiner Meinung nach die Euch vorliegende Sicherheitsmaßnahme das Ziel war. Ich habe die Opposition gegen die Mobilmachung angeführt ... doch es gibt offensichtlich jemanden in dieser Runde, der vor nichts Halt macht, um sie durchzusetzen."

Ein paar der Senatoren buhten. Padmé behielt Dank der jahrelangen Erfahrung ihren ruhigen Gesichtsausdruck, doch innerlich war sie entsetzt angesichts ihrer vielen Kollegen, die langsam auf den Entscheid für eine Armee drifteten. „Ich warne Euch", sagte sie. „Wenn Ihr für die Aufstellung einer solchen Armee stimmt, wird es Krieg geben. Ich habe das Unglück des Krieges am eigenen Leib erfahren. Ich wünsche nicht, es noch einmal zu erfahren. Wacht auf, Senatoren!", rief Padmé über die lauter werdenden Rufe von den anderen Plattformen hinweg. „Ihr müsst aufwachen! Wenn wir den Separatisten mit Gewalt gegenübertreten, können sie nur mit Gewalt erwidern!" Voller

Entschlossenheit flehte sie die Senatoren an, die ‚Sicherheitsmaßnahme' abzulehnen, doch die Antwort war nur ein Chor von Missbilligungen und Buhlauten.

Orn Free Taa brachte seine Plattform näher an die ihre und wandte sich an den Kanzler. „Mein Antrag auf eine Vertagung der Abstimmung muss zuerst behandelt werden. Das Gesetz verlangt es."

Padmé sah ihn eindringlich an. Kanzler Palpatine warf ihr vom zentralen Podium aus einen mitfühlenden Blick zu, doch seine Stimme war ebenso streng wie zuvor, als er Ask Aak zurechtgewiesen hatte. „Aufgrund der fortgeschrittenen Stunde und der Wichtigkeit dieses Antrags werden wir uns mit den Dingen erst morgen wieder beschäftigen. Bis dahin wird die Sitzung des Senats vertagt."

Was macht er? dachte Padmé, als sie ihre Plattform zurück an die Dockstation schweben ließ. *Ist er sich so sicher, dass wir die Abstimmung verlieren werden?*

Ein kleiner Bildschirm an der Plattform blinkte auf und zeigte damit eine ankommende Nachricht an. Padmé sah hinab. Der Kanzler bat sie um eine private Unterredung in seinem Büro. Vielleicht würde sie dort ein paar Antworten erhalten.

Das große, aber komfortable Büro von Kanzler Palpatine lag hoch oben in einem Wolkenkratzer, der das Senatsgebäude überragte. Das dick gepolsterte, blaue Sofa, das vor dem Schreibtisch des Kanzlers stand, war breit und flach genug, um beinahe jeder Lebensform in der Republik bequem Platz zu bieten. Der Boden war mit dicken Teppichen belegt; große Fenster ließen aus allen Richtungen das Licht herein. Die beiden königlichen Wachen, die in ihren neuen roten Roben und Helmen die Tür flankierten, hoben sich von dem eintönig gestalteten Hintergrund ab und demonstrierten gleichermaßen die Macht und die Gefahr, die das Amt des Kanzlers ausstrahlte.

Yoda hatte die Fenster positiv zur Kenntnis genommen, doch der Rest beeindruckte ihn nicht. Der Kanzler hatte sich all dies sicher verdient – niemand konnte behaupten, dass er nicht voller Einsatz sowohl für die Republik als auch den Frieden gearbeitet hatte. Doch Jedi zogen bescheidenere Umgebungen vor, wenn auch keines der anwesenden Mitglieder des Jedi-Rates das aussprechen würde. Sie alle waren gekommen, um die aktuelle Situation mit Kanzler Palpatine zu besprechen. Der Luxus ließ Yodas Ohren zucken.

„Ich weiß nicht, wie lange ich die Abstimmung noch aufschieben kann, meine Freunde", sagte der Kanzler zu den vier Jedi, die ihn ansahen. Seine leise Stimme klang müde. „Immer mehr Sternensysteme schließen sich den Separatisten an."

Und die Senatoren wurden immer ängstlicher. Und je mehr Angst sie bekamen, desto heikler wurde die Situation. *Angst nährt die Dunkle Seite,* dachte Yoda traurig. Das deutlichste Zeichen für das wachsende Chaos war die

Explosion von Senatorin Amidalas Raumkreuzer. *Vorhersehen wir es hätten müssen – vorhersehen und es verhindern.* Doch die Jedi hatten es nicht vorhergesehen und viele Leben waren verloren gegangen. Die Angst unter den Senatoren war noch größer geworden, seitdem die Separatisten damit drohten, sich loszusagen und vielleicht einen Krieg zu beginnen.

„Wenn sie sich abspalten ...", begann Mace Windu zögernd.

„Ich werde nicht zulassen, dass diese Republik, die eintausend Jahre lang Bestand gehabt hat, in zwei Hälften zerbricht!", unterbrach Palpatine Mace Windus Grübeln. „Meine Verhandlungen werden nicht scheitern!"

Angst der Kanzler nicht hat, dachte Yoda. Er konnte die angstvollen Gefühle der Senatoren sogar aus der Entfernung spüren – sie spiegelten sich in der Macht wider. Doch bei Palpatine spürte er nichts außer Entschlossenheit und Zuversicht. Und doch wusste jeder, dass die Anstrengungen des Kanzlers die Mobilmachung nur verzögert, bislang aber nicht verhindert hatten.

Mace Windu sah Palpatine bedeutungsvoll an und fuhr dort fort, wo er unterbrochen worden war. „Aber *wenn* sie es tun, müsst Ihr Euch darüber im Klaren sein, dass es nicht genug Jedi gibt, um die Republik zu beschützen. Wir sind Friedenshüter, keine Soldaten." Neben ihm nickte Ki-Adi Mundi zustimmend.

Palpatine starrte sie einen Moment lang an und drehte

sich dann um. „Meister Yoda, glaubt Ihr wirklich, dass es zu einem Krieg kommen wird?"

Yoda schloss die Augen und faltete seine langen, beweglichen Ohren nach unten. So konnte er die Veränderungen, die die Macht in der Zukunft erfahren würde, besser sehen. Die Dunkle Seite hing wie ein dichter Nebel über allem und verdeckte alle Ereignisse, die normalerweise so deutlich waren; je weiter er in die Zukunft sah, desto vernebelter erschien alles. Lichtschwerter blitzten blau und grün im Nebel, doch es waren nur allzu wenige und er erspähte immer mehr von einem roten Leuchten, das kein Jedi jemals beherrschen würde. „Schlimmer als Krieg, ich fürchte", murmelte er. „Viel schlimmer."

„Was?", wollte Palpatine wissen.

„Was spürt Ihr, Meister?", fragte Mace Windu beinahe gleichzeitig.

„Die Dunkle Seite. Einfach alles sie vor uns verbirgt", sagte Yoda kopfschüttelnd. „Unmöglich vorherzusehen, was birgt die Zukunft. Doch darüber ich mir sicher bin." Er öffnete die Augen. „Ihre Pflicht die Jedi werden tun."

Die anderen Jedi sahen ihn an und dachten nach, während Palpatine ein Summen auf seinem Schreibtisch beantwortete. Yoda sah mit ernster Miene zur Seite. Er hatte in seinen neunhundert Jahren als Jedi viele Krisen über die Republik kommen sehen, doch diese … war anders. Noch nie war ihm die Dunkle Seite so stark erschienen.

Die Tür des Büros öffnete sich und noch bevor eine Delegation von loyalen Senatoren hereinkam, spürte Yoda eine vertraute Gegenwart. Er stand mit einem etwas traurigen Lächeln auf und begrüßte Senatorin Padmé Amidala. Es war ganz ihre Art, dass sie trotz des Anschlags auf sie und der Toten unter ihrer Mannschaft sofort wieder an die Arbeit hatte gehen wollen. Doch obwohl ihr Gesicht Ruhe ausstrahlte, spürte Yoda auch ihren Schmerz. Er sprach sie darauf an. „Senatorin Amidala. Eure Tragödie auf der Landeplattform. Schrecklich."

Padmé antwortete nur mit einem leichten Nicken, so als würde sie es nicht ertragen zu sprechen.

„Die Macht stark mit Euch ist, junge Senatorin", fuhr Yoda fort und stieß sie leicht mit seinem Stock an. „Euch lebend zu sehen bringt warme Gefühle über mein Herz."

„Danke, Meister Yoda", gab Padmé leise zurück. Sie sah zu den anderen Jedi hinüber und fragte: „Habt Ihr schon einen Verdacht, wer hinter diesem Angriff steckt?"

„Unser Nachrichtendienst vermutet unzufriedene Gewürz-Schürfer auf den Monden von Naboo dahinter", erklärte Mace Windu.

Padmé runzelte die Stirn. „Ich widerspreche nicht gern, aber ich glaube, dass Count Dooku hinter all dem steckt."

Sogar Padmés Sicherheitsoffizier sah sie nach dieser Aussage überrascht an. Offensichtlich hatte die junge Senatorin ihm ihre Theorie noch nicht mitgeteilt. Die anderen Senatoren murmelten untereinander – bis auf Bail Organa, der Padmé nachdenklich beobachtete. „Ihr müsst wissen,

Mylady", sagte Mace Windu sanft, „dass Count Dooku einst ein Jedi war. Er könnte kein Attentat durchführen. Das liegt nicht in seiner Natur."

„In dunklen Zeiten nichts so ist, wie es scheint", sagte Yoda, bevor die junge Senatorin etwas Übereiltes entgegnen konnte. Er sah seine Kollegen an und zuckte missbilligend mit den Ohren. Sie hätten eigentlich zu klug sein müssen, um solche Behauptungen zu äußern. Außerdem war dies ohnehin nicht der richtige Moment, um eine Diskussion über den Charakter eines ehemaligen Jedi zu beginnen. Abgesehen davon kamen sie vom wichtigsten Thema ab. „Aber eins auf jeden Fall richtig ist: In großer Gefahr Ihr Euch befindet."

Padmés Stirnrunzeln vertiefte sich. Kanzler Palpatine sah sie einen Moment prüfend an, stand dann auf und ging zum Fenster. Er schaute über die Stadt hinweg und sagte: „Meister Jedi, dürfte ich anregen, die Senatorin unter den Schutz Euer Gnaden zu stellen?"

„Haltet Ihr dies wirklich für eine weise Entscheidung angesichts der momentanen Lage?", fragte Bail Organa mit einem Blick auf Padmé.

„Kanzler", sagte Padmé mit einem etwas verblüfften Unterton, „ich glaube nicht, dass die Situation ..."

„... so ernst ist." Kanzler Palpatine beendete den Satz für sie. „Nein. Aber ich glaube es, Senatorin!"

„Kanzler, bitte!", Padmé sah ihn voller Unwillen an. „Ich möchte nicht noch mehr Wachen um mich haben!"

Der Kanzler sah sie streng an. „Es ist mir sehr wohl bewusst, dass Euch zusätzliches Wachpersonal unangenehm wäre. Doch wie wäre es mit jemandem, der Euch vertraut ist ..." Er hielt einen Augenblick inne und blickte nachdenklich drein. Dann lächelte er. „Einem alten Freund wie ... Meister Kenobi?" Er nickte Mace Windu auffordernd zu.

„Das wäre möglich", gab Mace langsam zurück. „Er kehrte gerade von einem Grenzkonflikt auf Ansion zurück."

„Ihr müsstet Euch an ihn erinnern, Mylady", sagte Palpatine und drehte sich wieder zu Padmé um. „Er gab während des Blockade-Konflikts auf Euch Acht."

„Das ist nicht notwendig, Kanzler!", sagte Padmé beharrlich.

„Tut es für mich Mylady. Bitte." Palpatine klang beinahe flehend. „Ich würde ruhiger schlafen. Wir alle haben uns heute zu Tode erschreckt. Der Gedanke daran, Euch zu verlieren, wäre mir unerträglich."

Padmé seufzte und nickte.

„Ich werde dafür Sorge tragen, dass Obi-Wan sich unverzüglich bei Euch meldet", sagte Mace Windu bedeutungsschwer. Er und Ki-Adi Mundi erhoben sich und gingen hinaus.

Yoda blieb noch einen Moment stehen, bevor er ihnen folgte. Es musste noch etwas gesagt werden. Er beobachtete Padmé einen Moment, die sich offensichtlich frustriert auf die Lippe biss und beugte sich dann zu ihrem Ohr. „Zu wenig über Euch selbst Ihr Euch Sorgen macht, Senatorin. Und zu viel über Politik."

Padmé sah ihn überrascht an. Yoda deutete ein Lächeln an. „Seid Euch der Gefahr bewusst, Padmé. Nehmt unsere Hilfe an."

Als sie das Büro des Kanzlers verließen, nahm Yoda erleichtert zur Kenntnis, dass Padmé nachdenklich und nicht verärgert aussah. Sie hatte ein gutes Herz, doch sie reagierte nur allzu oft impulsiv. Es wäre besser, wenn sie anstatt nachzudenken all ihre Hingabe von Weisheit leiten ließe.

Die Hydrolift-Tür glitt auf und ließ einen Schwall kühler, feuchter Luft herein. *Natürlich*, dachte Anakin. *Padmé hat das Klima so eingestellt, dass es sich wie auf Naboo anfühlt.* Er hatte sich in den letzten zehn Jahren an Welten gewöhnt, die nur allzu kalt und feucht gewesen waren – nachdem er auf Tatooine aufgewachsen war, empfand er beinahe jeden anderen Ort als kalt und feucht. Aber *diese* feuchte Kälte war ihm fremd. Sie erinnerte ihn an seinen ersten Flug mit einem Raumschiff an Bord des Königlichen Naboo-Kreuzers, als Padmé ihn zitternd mitten in der Nacht auf dem Hauptdeck gefunden hatte. Sie hatte ihn mit ihrem Übermantel zugedeckt ... er erinnerte sich noch immer an den leichten Duft, der an der roten Seide gehaftet hatte. Er nahm sich zusammen und folgte seinem Meister Obi-Wan aus dem Lift.

Anakin hatte gehofft, dass Padmé da sein würde, um ihn zu begrüßen, doch er sah nur Jar Jar Binks. Die langen, orangefarbenen Ohrlappen des Gungan hingen schlaff an seiner Robe hinunter, aber Jar Jars begeisterte – und etwas unbeholfene – Begrüßung machte deutlich, dass die Jahre in der galaktischen Politik ihn nicht sonderlich verändert hatten. Er war noch immer der tollpatschige, verwirrte Gungan, an den Anakin sich erinnerte.

„Gut, dich zu sehen, Jar Jar", sagte Obi-Wan und lächelte unwillkürlich.

„Und das seinse Euer Padawan", sagte Jar Jar und versuchte, würdevoll zu klingen. Dann sah er sich Anakin etwas genauer an. „Neeeee! Annie? Neeeee! Kleiner feiner Annie? Duse so groß sein!"

„Hallo Jar Jar", sagte Anakin grinsend. Er hoffte, dass der Gungan nicht jeden an seine Kindheit erinnern würde. Und doch war Jar Jars Frohnatur unwiderstehlich und Anakin ließ sich von ihm in eine herzliche Umarmung ziehen.

„Sie Euch erwarten", fuhr Jar Jar fort und Anakins Herz begann zu klopfen. Jar Jar sah ihn wieder an und schüttelte den Kopf. „Annie ... ichse nicht glauben!"

Als Jar Jar endlich aufgehört hatte, sich über sie zu freuen, ging er in ein Zimmer voraus, das neben dem Hauptkorridor lag. Anakin bekam gerade noch einen kurzen Eindruck von Licht und bescheidener Eleganz, als seine Aufmerksamkeit sofort von Padmés Anblick gefangen wurde. Bei ihr stand eine ihrer Dienerinnen, die mit einem

Mann mit Augenklappe und in der Uniform eines Naboo-Captains redete.

Anakin blieb wie angewurzelt stehen. Das Licht spielte auf den Locken in Padmés dunklen Haaren und eine lange, blaue Seidenweste bedeckte ihre schlanke Figur. Sie war noch schöner als sie es mit vierzehn Jahren gewesen war, noch schöner als die Erinnerung, die er sich zehn Jahre lang bewahrt hatte. Der Gedanke daran, dass jemand sie verletzen wollte, schmerzte ihn. Er hörte kaum, wie Jar Jar sagte: „Lookie, lookie, Senatorin! Die Jedisse angekommen haben."

Padmé und die anderen drehten sich um. Als sie Obi-Wan erkannte, lächelte Padmé und erhob sich. *Sie hat mich kaum angesehen*, dachte Anakin.

„Es ist mir eine große Freude, Euch wieder zu sehen, Mylady", sagte Obi-Wan.

Padmé lächelte und nahm seine Hand. „Die Zeit war viel zu lang, Meister Kenobi. Ich bin so froh, dass sich unsere Wege wieder kreuzen." Sie zögerte. „Aber Ihr sollt etwas wissen. Ich bin der Meinung, dass Eure Anwesenheit überflüssig ist."

„Ich bin mir sicher, dass der Rat der Jedi seine Gründe hat", sagte Obi-Wan nur.

Padmé ließ Obi-Wans Hand los und ging zu Anakin. Er sah zu ihr hinab, als sie ihn voller Zweifel betrachtete. Sie musste sich doch erinnern! Dann fragte sie endlich nach langem Zögern: „Annie??"

Anakin nickte. Padmé starrte ihn einen Moment an und sagte dann ungläubig: „Meine Güte, bist du groß geworden."

„Du aber auch", gab Anakin zurück. *Was rede ich doch für einen Blödsinn, wo ich doch auf sie hinabsehe!* „Ich meine, du bist noch viel schöner geworden. Und viel kleiner ..." *Warum musste ich das sagen? Aber es ist so seltsam, denn ich erinnere, dass sie so viel größer war als ich.* „... na ja, für 'ne Senatorin, meine ich." *Sie muss denken, dass ich ein Idiot bin.*

Obi-Wan dachte das auf jeden Fall; der missbilligende Blick seines Meisters war Anakin nur allzu vertraut. Doch zu seiner Erleichterung lachte Padmé und schüttelte den Kopf. „Oh Annie, für mich wirst du immer der kleine Junge bleiben, den ich auf Tatooine kennen gelernt habe", sagte sie.

Anakin sah gekränkt zu Boden. *Ich bin kein kleiner Junge mehr!* Er war beinahe froh, als Obi-Wan sie vom Thema ablenkte. „Ich versichere Euch, dass unsere Gegenwart hier unsichtbar sein wird, Mylady."

„Ich bin sehr dankbar, dass Ihr hier seid, Meister Kenobi", sagte der Naboo-Captain. „Die Situation ist gefährlicher, als die Senatorin bereit ist, zuzugeben."

„Ich brauche keinen weiteren Wachschutz", sagte Padmé entschlossen. „Ich brauche Antworten. Ich möchte wissen, wer mich töten will."

„Wir sind hier, um Euch zu beschützen, Senatorin, und

nicht, um Ermittlungen anzustellen", sagte Obi-Wan stirnrunzelnd.

Anakin ertrug den Ausdruck auf ihrem Gesicht nicht. „Wir werden herausfinden, wer dich töten wollte, Padmé", stieß er hervor. „Das verspreche ich dir!"

Obi-Wan sah ihn noch einmal – und dieses Mal mit noch mehr Missbilligung – an. „Wir werden unser Mandat nicht ausweiten, mein junger Padawan-Schüler", sagte er streng.

„Selbstverständlich dient dies nur dem Zweck, sie zu beschützen, Meister", gab Anakin zurück. Wie konnten sie ihre Sicherheit gewährleisten, wenn sie nicht wussten, wer hinter dem Anschlag steckte? Obi-Wan musste doch erkennen, dass das wichtig war. Wenn er nur nicht immer so erpicht darauf wäre, die Regeln einzuhalten ...

Als hätte er Anakins Gedanken gelesen, schüttelte Obi-Wan den Kopf. „Wir werden diese Lektion nicht noch einmal durchgehen, Anakin. Und du wirst dich meinen Anordnungen fügen."

„Wieso?", fragte Anakin störrisch. Er wusste, dass er sich auf dünnem Eis bewegte, doch hier ging es um Padmé.

„Was??!!"

„Unser Auftrag, ihrem Schutz zu dienen, beinhaltet auch, den Mörder zu finden, oder?", sagte Anakin hastig. „Personenschutz ist die Aufgabe des Sicherheitsdienstes, nicht der Jedi-Ritter. Reine Verschwendung, Meister. Nachforschungen sind Bestandteil unseres Auftrags." Dieses Mal hörte Obi-Wan wenigstens zu.

„Wir werden uns exakt an die Anweisungen des Rates halten", sagte Obi-Wan. „Und du wirst lernen, wo deine Grenzen sind, junger Mann."

Anakin nickte, nahm aber zur Kenntnis, dass Obi-Wan seine Bemerkung nicht wiederholt hatte, sie sollten ausschließlich als Wachen fungieren. Das war vorerst genug. Später konnte er immer noch mehr auf eine Untersuchung pochen. Er würde es schon *schaffen*, Obi-Wan von der Notwendigkeit zu überzeugen.

„Vielleicht werden ja allein durch Eure Anwesenheit die Mysterien gelüftet, die diese Bedrohung umgeben", sagte Padmé und Obi-Wan war sich nicht sicher, ob sie das nicht sarkastisch gemeint hatte. „Wenn Ihr mich bitte entschuldigen wollt, ich ziehe mich zurück."

Anakin starrte Padmé und ihrer Dienerin düster nach, während Obi-Wan und der Naboo-Captain Sicherheitsmaßnahmen besprachen. Der Captain ging irgendwann und ließ nur Jar Jar zurück, der immer noch unablässig murmelte, wie glücklich er über das Wiedersehen war. *Jar Jar ist es eigentlich nicht, der sich über unser Wiedersehen freuen sollte,* dachte Anakin, hatte aber sofort ein schlechtes Gewissen. Jar Jar hatte ein gutes Herz. Aber …

„Sie hat mich nicht einmal wiedererkannt, Jar Jar." Die Worte kamen aus seinem Mund, bevor er überhaupt darüber nachgedacht hatte. „Ich habe jeden Tag seit unserem Abschied an sie gedacht, und sie hat mich vollkommen vergessen."

Jar Jar blinzelte ihn an und sagte dann mit einer überraschenden Sanftheit: „Siese ganz happy ist. Mehr happy als michse lange nicht gesehen."

„Anakin, du konzentrierst dich wieder auf das Negative", bemerkte Obi-Wan. „Du musst dir deiner Gedanken bewusst werden. Sie war erfreut, uns zu sehen. Also, checken wir die Sicherheitseinrichtungen."

Das war wenigstens eine Aufgabe – und überdies eine, die Padmé helfen würde. Auch wenn es ihr gleichgültig war, ob er ihr half oder nicht.

„Ja, Meister", sagte Anakin.

Zam Wesell steuerte ihren Gleiter an den Fuß des Wolkenkratzers und stellte die Kontrollen auf Schweben. Ihr Kontaktmann wartete bereits vollständig bewaffnet und gepanzert auf sie. Sie schnaubte leise. Sie konnte nicht verstehen, weshalb Jango Fett ein solches Aufheben darum machte, ständig mandoralianische Kampfpanzerung zu tragen. *Es würde mich nicht wundern, wenn er sie auch außerhalb eines Auftrags trüge.*

Sie überlegte sich, ob sie sich in eine andere Gestalt morphen sollte, nur um ihn zu ärgern. Sie war ein Changeling und konnte damit die Gestalt jeder Rasse annehmen, die sie wollte; nicht zuletzt diese Fähigkeit machte Changelinge zu solch erfolgreichen Kopfgeldjägern. Fett hätte diesen Denkzettel sicherlich verdient, nachdem sein letzter kleiner Plan schief gegangen war. Sie lächelte hinter dem Schleier, der den unteren Teil ihres Gesichtes verdeckte. Sie hatte zugesagt, mit Fett bei diesem Auftrag zu arbeiten; das musste aber nicht bedeuten, dass sie es ihm Recht machen musste. Andererseits *mussten* sie aber miteinander auskommen. Sie beschloss, keine Energie zu verschwenden.

Wenn Jango sich über sie ähnliche Gedanken machte, dann versteckte sei Helm sie. „Wir müssen etwas subtilere Mittel einsetzen, Zam", sagte er ohne jede Begrüßung, als sie nahe genug war. „Mein Klient wird langsam ungeduldig."

Darauf wette ich, dachte Zam. Doch sie nickte nur.

„Dieses Mal dürfen dir keine Fehler unterlaufen", fuhr der andere Kopfgeldjäger fort. „Nimm diese hier. Und pass gut auf, sie sind sehr giftig."

Er streckte die Hand aus und reichte ihr eine kurze, dicke Röhre. Durch die durchsichtigen Seiten konnte sie ein paar Kouhuns erkennen – vielleicht dreißig Zentimeter lange Kreaturen, die wie gigantische Würmer mit hunderten von Beinen aussahen. Sie nahm die Röhre. Ihre Gedanken rasten. Giftig – sie musste sicher sein, dass die Senatorin allein war und es unwahrscheinlich war, dass sie merkte, wie sie sich ihr näherte. Sie nickte Jango gedankenverloren an, klemmte ihre neue Mordwaffe unter den Arm und ging zurück zu ihrem Luftgleiter. Zam dachte nur noch an die vor ihr liegende Aufgabe.

KAPITEL 2

Der breite Korridor in der Nähe des Zentrums des Jedi-Tempels wurde nur von dem wenigen Licht erleuchtet, das durch die Türen an beiden Enden schien. Yoda hatte dieses Spiel aus Lichtern, die sich gegen die Dunkelheit stellten, immer gefallen. Aber heute, da er mit Mace Windu den Korridor entlang ging, machte es ihn traurig. Es erinnerte ihn zu sehr an die immer mächtiger werdende Dunkle Seite.

Mace Windu brach das Schweigen. „Warum haben wir diesen Angriff auf die Senatorin nicht vorausgesehen?" Seine tiefe Stimme war voller Sorge.

„Diese Erschütterung der Macht die Zukunft verschleiert", gab Yoda ruhig zurück.

„Die Prophezeiung wird wahr", sagte Windu mit einem Stirnrunzeln. „Die Dunkle Seite wird stärker."

Yoda nickte. „Und nur die, die sich der Dunklen Seite zugewandt haben, können die Möglichkeiten der Zukunft spüren." Er fühlte Maces Unbehagen bei diesen Worten und verstand die Reaktion nur allzu gut. Ein großer Teil des bemerkenswerten Erfolgs der Jedi beruhte auf der Fähigkeit, die Zukunft voraussagen zu können. Die Jüngeren hatten sich darauf immer verlassen – vielleicht etwas zu sehr. Knapp neunhundert Lebensjahre ermöglichten eine andere Sichtweise. Der Verlust ihrer Fähigkeit, in die Zukunft sehen zu können, beunruhigte Yoda bei weitem nicht so sehr wie die wachsende Stärke der Dunklen Seite, die diesen Verlust herbeigeführt hatte.

Nach einem Moment des Schweigens sagte Mace: „Es ist jetzt zehn Jahre her und die Sith haben sich seitdem nicht mehr sehen lassen."

„Dort draußen sie sind", sagte Yoda, nickte aber zustimmend. Mace Windu hatte viel über das Wesen der Macht gelernt. Er sah über seine eigenen Sorgen hinweg den eigentlich Kern des Problems. „Sicher das ist."

Mace nickte und sie setzten ihren Weg auf das Licht zu schweigend fort.

Ein Wirbel in der Macht riss Anakin aus seiner Meditation. Irgendjemand kam. Anakins Lichtschwert schoss in seine Hand, noch beinahe bevor er seine Augen öffnete. Dann, als er die Gegenwart deutlicher spürte, lächelte er und steckte die Waffe wieder an den Gürtel zurück. Es war nur Obi-Wan, der von seinem Sicherheits-Check zurückkehrte.

Die Tür zu Padmés Apartment öffnete sich. „Captain Typho hat mehr als genug Männer da unten", sagte Obi-Wan, als er eintrat. „Kein Attentäter wird sich auf diesem

Weg hereintrauen. Gab es hier oben irgendwelche Aktivitäten?"

„Ruhig wie in einem Grab", gab Anakin ohne zu zögern zurück und schauderte dann leicht angesichts seiner Worte. Er sah Obi-Wans Blick und beantwortete dann die Frage, die sein Meister nicht laut gestellt hatte. „Es gefällt mir nicht, darauf zu warten, dass ihr etwas zustößt."

Obi-Wan nickte verständnisvoll und nahm einen kleinen Taschenbildschirm von seinem Gürtel. Einen Augenblick später runzelte er die Stirn und hielt ihn hoch. Auf dem Display war R2-D2 zu sehen, der abgeschaltet in einer Ecke nahe der Tür zu Padmés Schlafzimmer stand, aber es war kein Bild von Padmés Bett oder von Padmé selbst zu sehen. „Was ist denn das?", fragte Obi-Wan.

Anakin zuckte mit den Schultern. „Sie hat die Kameras verdeckt. Ich glaube, sie wollte nicht, dass ich sie sehe."

„Wie kann sie nur ...?", fragte sich Obi-Wan kopfschüttelnd.

„Sie hat R-Zwo programmiert, uns zu warnen, falls ein Eindringling auftaucht."

„Ich mache mir keine Sorgen über einen Eindringling", gab Obi-Wan zurück. „Es gibt viele andere Wege, einen Senator umzubringen."

„Ich weiß, aber wir wollen ja auch den Attentäter fangen", sagte Anakin. „Nicht wahr, Meister?"

Obi-Wans Augen weiteten sich. „Du benutzt sie als *Köder?*"

„Es war ihre Idee", verteidigte Anakin sich. Sie hatte tatsächlich selbst darauf bestanden. „Macht Euch keine Sorgen, es wird ihr nichts geschehen. Ich kann alles spüren, was in diesem Raum vorgeht." Was Padmé anbetraf, war seine normale Verbindung mit der Macht ausgeprägter; er konnte sogar ihren Atem spüren, wenn er es wollte. Doch das konnte er Obi-Wan nicht sagen. „Vertraut mir."

„Es ist zu riskant", sagte Obi-Wan mit einem erneuten Stirnrunzeln. „Abgesehen davon sind deine Sinne noch nicht geschärft, junger Schüler."

Sind sie wohl! Aber Anakin hatte die leichte Betonung gehört, die in den Worten „*deine* Sinne" gelegen hatte. Vielleicht würde Obi-Wan dieses Vorgehen doch zulassen. „Und Eure sind es?"

„Möglicherweise", sagte Obi-Wan. Er machte keine Anstalten, Padmé zu wecken, und Anakin unterdrückte ein zufriedenes Grinsen. So *würden* sie den Attentäter fangen. Einen Moment später sagte Obi-Wan: „Du siehst müde aus."

„Ich schlafe nicht mehr so gut", gab Anakin zu.

„Ist es wegen deiner Mutter?", fragte Obi-Wan mitfühlend.

„Ich weiß nicht, warum ich immer von ihr träume", sagte Anakin. *Vor allem solch fruchtbare Träume.* Seine Mutter war stark und sanft zugleich. In seiner Erinnerung an sie kamen keine düsteren Omen oder Bedrohungen vor. In seinen Träume jedoch sehr wohl. Er hob die Schultern. „Ich habe sie seit meiner Kindheit nicht mehr gesehen."

„Träume vergehen mit der Zeit."

Doch diese waren nicht vorübergegangen. Sie waren eher regelmäßiger gekommen. Das wollte er jedoch jetzt nicht mit Obi-Wan besprechen. Obi-Wan hatte Shmi Skywalker niemals kennen gelernt. Er konnte das nicht verstehen. „Ich würde viel lieber von Padmé träumen", sagte er daher. Er wusste, dass das seinen Meister ablenken würde. „Allein wieder in ihrer Nähe zu sein ... ist berauschend."

„Gib auf deine Gedanken Acht, Anakin", sagte Obi-Wan scharf. „Sie verraten dich. Du bist den Jedi gegenüber eine Verpflichtung eingegangen – eine Verpflichtung, die nicht einfach gebrochen werden kann. Und vergiss nicht, dass sie eine Politikerin ist. Denen kann man nicht trauen."

„Sie ist nicht wie so die anderen im Senat, Meister", sagte Anakin, den diese unerwartete Kritik verletzte.

Obi-Wan zuckte mit den Schultern. „Meiner Erfahrung nach bemühen sich Senatoren in erster Linie um diejenigen, die ihre Vorhaben finanzieren – und sie schrecken in keiner Weise davor zurück, zugunsten dieser Gelder die Prinzipien von Demokratie und Ordnung zu vergessen."

„Nicht noch eine Lektion, Meister", stöhnte Anakin. Er fand Politik und Ökonomie langweilig und Obi-Wan konnte stundenlang darüber reden, wenn er einmal begonnen hatte. „Außerdem verallgemeinert Ihr. Der Kanzler macht auf mich keinen korrupten Eindruck."

„Palpatine ist ein Politiker", gab Obi-Wan zurück. „Ich

habe beobachtet, dass er auf sehr raffinierte Weise den Vorlieben und Befangenheiten der Politiker folgt."

„Ich halte ihn für einen guten Mann", sagte Anakin überzeugt. „Mein Instinkt gibt mir ein gutes Gefühl, wenn ich …" Er hielt inne, überrascht von einem plötzlich Gefühl der Bedrohung, das von Padmés Zimmer ausging. Er sah seinen Meister an.

„Ich spüre es auch", sagte Obi-Wan und zu zweit liefen sie auf die Schlafzimmertür zu.

Padmé! Anakin warf sich auf das Bett. Sein Lichtschwert summte durch die Luft. Hinter sich hörte er das Klirren von zerbrechendem Glas, doch seine ganze Aufmerksamkeit galt den beiden Kouhuns, die auf Padmés Kissen zischend mit ihren Stechzungen zuckten. Sein Hieb raste knapp an Padmés erstarrtem Gesicht vorbei und schnitt die tödlichen Würmer entzwei. *Wie waren die hier hereingekommen?*

Mit bereit gehaltenem Lichtschwert drehte Anakin sich um. Von Obi-Wan war nichts zu sehen, nur das zerbrochene Schlafzimmerfenster und die nachts beleuchteten Gebäude und Flugobjekte dort draußen. Dann sah Anakin einen Sonden-Droiden, der im Verkehr der Stadt verschwand. Sein Meister hielt sich an zweien seiner Fühler fest. Anakins erster Gedanke war: *So sind die Kouhuns also hereingekommen.* Sein nächster war: *Aber wir befinden uns in mehr als hundert Stockwerken Höhe! Wenn er sich nicht mehr festhalten kann …*

Anakin wirbelte herum. Padmé hatte sich im Bett aufgesetzt und sah entsetzt dem schnell kleiner werdenden Sonden-Droiden nach. Anakin spürte, dass Captain Typho und seine Wachen kamen. Sie konnten sich vorerst um die Dinge hier kümmern. Er musste Obi-Wan folgen. „Bleib hier!", schrie er Padmé zu und lief an Captain Typho und den Wachen vorbei zum Expresslift.

Das war nicht die beste Idee, die ich jemals hatte, dachte Obi-Wan, als er an dem Droiden hing. Er hatte nicht damit gerechnet, dass die Maschine so schnell abheben würde. Er war auch keineswegs davon ausgegangen, dass sie sich mitten in den Gleiterverkehr stürzen und wild hin und her schaukeln würde, um ihn abzuschütteln. Jemand hatte sich bei der Programmierung des Droiden große Mühe gegeben.

Der Sonden-Droide sandte einen Elektroschock aus und Obi-Wan verlor beinahe den Halt. Auch die Macht würde ihn nicht retten können, wenn er aus dieses Höhe abstürzte. Er griff nach einem Kabel auf der Rückseite des Droiden und es gelang ihm, es zu lockern. Die Energieversorgung des Droiden setzte sofort aus und die Elektroschocks brachen ab ... so wie der Antigravitionsantrieb des Droiden. Sie stürzten beinahe dreißig Stockwerke tief, bevor Obi-Wan es schaffte, das Kabel wieder anzuschließen. *Mit Sicherheit keine meiner besseren Ideen.*

Der wilde Flug ging weiter. Der Droide donnerte gegen Wände und versuchte, Obi-Wan abzustreifen. Er schoss flach über ein Dach hinweg, flog geradewegs in den heißen Abgasstrahl eines Gleiters. Doch Obi-Wan hielt sich verbissen fest. Wenn er den Droiden entkommen lassen würde, hätten sie keinen Hinweis auf den Attentäter – und er wollte nicht einmal daran denken, was sich Padmé und Anakin als Nächstes einfallen lassen würden, wo doch der Plan, Padmé als Köder zu benutzen, fehlgeschlagen war!

Der Droide stürzte auf eine Nische in der Wand eines Gebäudes zu, noch immer hoch über dem Boden. Obi-Wan spähte über den Rücken der Maschine hinweg und sah, dass eine in Braun gehüllte Gestalt neben einem verbeulten, gelben Luftgleiter in der Nische wartete. Die Gestalt erblickte den näher kommenden Droiden und zog sofort ein Lasergewehr hervor. „Ich habe ein ganz mulmiges Gefühl bei dieser Geschichte", murmelte Obi-Wan. Einen Augenblick explodierte es überall um ihn herum. *Wenn ich nur mein Lichtschwert erreichen könnte …* Doch er konnte nicht nach seiner Waffe greifen, ohne den Droiden loszulassen. Und wenn er es täte, würde der Droide ihn sofort abschütteln. Er konnte nur hoffen, dass der Attentäter ein schlechter Schütze war.

Doch dem war nicht so. Einer der Schüsse traf den Droiden gezielt. Die Explosion schleuderte Obi-Wan hoch in die Luft. *Großartig,* dachte er benommen, *jetzt werde ich noch tiefer fallen.* Er war noch weiter von dem Gebäude entfernt und nichts lag mehr zwischen ihm und dem Boden tief unten.

Halb betäubt sah Obi-Wan mitten im freien Fall einen näher kommenden Gleiter. Er griff danach und bekam gerade noch das Heck zu fassen. Als er sich in Sicherheit zog, erkannte er, dass der Pilot sein Padawan war. „Das war ziemlich abgefahren!", sagte Anakin begeistert, als Obi-Wan den Beifahrersitz erreichte und darin zusammensank. „Ich habe Euch beinahe im Verkehr verloren."

Obi-Wan spürte die tiefe Erleichterung, die Anakin nicht laut aussprechen wollte. „Weshalb hast du so lange gebraucht?", fragte er und wusste, dass Anakin seinen unausgesprochenen Dank verstehen würde.

„Wisst Ihr, Meister, ich hab' nicht gleich einen Gleiter gefunden, der mir wirklich gefiel", sagte Anakin. „Mit einem offenen Cockpit und ausreichender Beschleunigung ... außerdem wollte ich einen mit einer wirklich coolen Farbe haben ..." Während er sprach, zog er den Gleiter in einen steilen Steigflug und folgte dem Schützen, der auf Obi-Wan geschossen hatte.

„Wenn du so viel für deine Schwertkampftechnik wie für deine Schlagfertigkeit tun würdest, junger Padawan, dann könntest du bald in Konkurrenz mit Meister Yoda treten", sagte Obi-Wan.

„Ich dachte, das hätte ich schon getan", sagte Anakin grinsend.

„Nur in deinen Träumen, mein sehr junger Padawan ... Vorsicht!" Obi-Wan krallte sich an der Seite des Gleiters fest, als Anakin mit rasender Geschwindigkeit durch den

Verkehr manövrierte. Schüsse zischten an ihnen vorbei – der Schütze feuerte auf sie. „He, langsam!"

„'Tschuldigung", sagte Anakin und schoss fast ohne Abstand an einem großen Personentransporter vorbei. „Ich habe vergessen, dass Ihr nicht gern fliegt, Meister."

„Ich habe nichts gegen das Fliegen", sagte Obi-Wan. „Aber was du hier machst, ist Selbstmord."

„Ich fliege schon länger, als ich gehen kann", gab Anakin selbstsicher zurück, als er so dicht an einem Personentransporter vorbeischrammte, dass er den Lack des Gleiters abkratzte. „Ich kann ziemlich gut fliegen."

Aber ein einziger Fehler genügt. „Flieg einfach langsamer!"

Anakin achtete nicht auf ihn. Der Attentäter versuchte, sie in einem Konvoi aus Frachtern abzuhängen und schoss dann in mehreren scharfen Kurven durch die unglaublich schmalen Korridore zwischen ein paar Gebäuden hindurch. Anakin folgte jeder seiner Bewegungen.

„Da ist er!", rief Obi-Wan und zeigte auf den gelben Gleiter, der gerade aus der Flugspur heraus um eine Ecke zischte. Als Anakin ihm folgte, wurde Obi-Wan plötzlich bewusst, wohin der Attentäter wollte – in einen Tram-Tunnel. „Warte! Flieg nicht da hinein!"

„Keine Sorge, Meister!", sagte Anakin und lenkte den Gleiter hinter dem Attentäter her in den Tunnel.

Es hört sich so an, als wollte er mich auf den Arm nehmen, dachte Obi-Wan. *Aber das ist – oh nein!* Das Licht vor ihnen war nicht das Ende des Tunnels, es war eine der riesigen Passagier-Trams, die auf sie zukam.

Im allerletzten Augenblick rissen Anakin und der Attentäter ihre Gleiter herum und flogen in die Richtung zurück, aus der sie gekommen waren. Sie schafften es gerade noch kurz vor der Hochgeschwindigkeits-Tram aus dem Tunnel. Obi-Wan atmete tief aus. Es war ihm nicht einmal bewusst gewesen, dass er den Atem angehalten hatte. „Du weißt genau, dass ich es nicht mag, wenn du das tust", kommentierte er die Situation.

„Entschuldigt, Meister", sagte Anakin eher beiläufig. „Keine Sorge. Dieser Kerl wird sich jetzt jeden Augenblick selbst umbringen."

Irgendjemand wird sicher umkommen, dachte Obi-Wan, als sie den Wahnsinnsflug fortsetzten. *Ich hoffe nur, dass wir es nicht sind …*

Sie flogen um eine Ecke an ein paar Fahnen vorbei, die im Wind flatterten. Der innere Flügel des Gleiters blieb an einer der Fahnen hängen. Der Gleiter kippte kurz, als sich die Fahne um seine Nase wickelte. „Das war zu dicht", sagte Obi-Wan.

„Zieht sie weg!", stieß Anakin hervor.

„Was?" Einen Moment verstand Obi-Wan nicht, was Anakin meinte. Dann erkannte er, dass die Fahne einen der Luftansaugstutzen blockierte. Ohne Luft hatte der Antrieb Probleme. Obi-Wan beugte sich aus dem Gleiter, doch die Fahne war zu weit vorn, um sie zu erreichen.

„Zieht die Fahne weg!" Anakin kämpfte angestrengt mit den Kontrollen. „Wir verlieren Energie! Schnell!"

Es gab nur eine Möglichkeit. Obi-Wan kroch hinaus auf die Motorhaube, bis er die Fahne erreichen konnte. Er zog sie weg. Der Gleiter machte einen Satz nach vorn und holte sofort all die Geschwindigkeit auf, die er verloren hatte. Durch den Ruck hatte Obi-Wan beinahe den Halt verloren. Er rutschte fast einen Meter nach hinten, bevor er wieder einen festen Griff hatte.

„Ich mag es nicht, wenn du das tust", beschwerte er sich, als er wieder in seinen Sitz zurückkroch.

„Tut mir wirklich sehr Leid, Meister", sagte Anakin und dieses Mal hatte Obi-Wan das Gefühl, dass er es tatsächlich so meinte, zumindest ein wenig. *Aber nur ein wenig.*

Der Zwischenfall mit der Fahne hatte sie Zeit gekostet – der Gleiter des Attentäters hatte jetzt reichlich Abstand gewonnen. Anakin spielte die Kontrollelemente des Gleiters wie ein Musiker und verringerte den Abstand damit wieder. *Er hat Podrenner geflogen, als er noch ein kleiner Junge war,* dachte Obi-Wan und schüttelte den Kopf. Er rief sich das jedes Mal wieder in Erinnerung, wenn er in eine dieser Verfolgungsjagden geriet, doch es half nie. Denn es fiel ihm jedes Mal auch wieder ein, dass Anakin jeden einzelnen Podrenner bis auf den letzten zu Bruch gefahren hatte. *Es ist ein Wunder, dass er überlebt hat … Was war das? Moment mal!*

Der Attentäter flog geradewegs auf eine Energieraffinerie zu. „Wie oft habe ich dir schon gesagt ...", begann Obi-Wan und atmete heftig ein. „... dass du nicht durch Energiekupplungen fliegen sollst!"

Aber Anakin flog dem anderen Gleiter hinterher. Die beiden Flugobjekte lösten gewaltige Energiebögen aus. Obi-Wan spürte ein Prickeln auf der Haut, als sie in deren Nähe kamen. „Was *machst* du?"

„Entschuldigt, Meister!"

Anakin klang jetzt ein wenig angespannt. Obi-Wan biss die Zähne zusammen und verkniff sich weitere Kommentare, bis sie durch die Raffinerie hindurch waren. Dann sagte er sarkastisch: „Oh, das war gut!"

„Das war Wahnsinn", sagte Anakin unbewegt. Sein Blick haftete noch immer an dem Gleiter vor ihnen.

„Ich bin froh, dass wir uns einig sind", wollte Obi-Wan gerade sagen. Doch im selben Augenblick bog der andere Gleiter seitlich von seiner Bahn ab und blieb in einer Gasse stehen, von wo aus der Fahrer sie voll unter Feuer nahm.

„Halt!", schrie Obi-Wan. Wenn sie diesen Kurs beibehielten, würden sie den anderen Gleiter rammen – oder vielleicht doch nicht. Unter dem Fahrzeug des Attentäters war ein winzig kleiner Spalt, auf den Anakin zuhielt.

„Wir können es schaffen", sagte Anakin und im nächsten Moment waren sie unter dem Schiff des Attentäters. Sie schafften es gerade noch durch den Spalt, knallten aber auf der anderen Seite gegen ein Rohr und drehten sich wild umher. Anakin versuchte, den Gleiter wieder unter

Kontrolle zu bekommen. Obi-Wan sah einen Baukran und zwei Stützstreben vorbeischwingen. Er spürte einen Ruck, als der Gleiter an etwas entlangschrammte und sie plötzlich von einer gewaltigen Gaswolke eingehüllt waren. Der Gleiter drehte sich noch einmal, knallte gegen ein Gebäude und die Maschine wurde abgewürgt.

Warum lasse ich ihn immer ans Steuer? „Ich muss verrückt sein", murmelte Obi-Wan und ließ den Kopf in die Hände sinken. „Ich muss verrückt sein."

„Ich habe uns unbeschadet da hindurch bekommen", sagte Anakin sichtlich zufrieden.

Obi-Wan hob ärgerlich den Kopf. „Nein, hast du nicht! Wir sind stehen geblieben! Und du hast uns beinahe umgebracht!"

„Oh, ich glaube wir leben noch", sagte Anakin gedankenverloren, während er an den Kontrollen hantierte. Die Maschine hustete, lief wieder an und er lächelte.

Das Lächeln machte Obi-Wan wütend. Anakin hörte nicht einmal zu. *„Es war dumm!"*, sagte er.

Sein Tonfall schien jetzt endlich etwas bei seinem Padawan zu bewirken. Anakin blinzelte und ließ dann den Kopf sinken. „Ich hätte ihn einholen können ..."

„Hast du aber nicht!" Obi-Wan sah Anakin durchdringend an. „Und jetzt haben wir ihn für immer verloren!"

Plötzlich erschütterte eine Explosion den Gleiter. Obi-Wan duckte sich, als er das typische *Zing* von einschlagenden Laserschüssen in der Nähe hörte.

„Nein, haben wir nicht", sagte Anakin und Obi-Wan spürte, wie der Gleiter zur Seite kippte, als Anakin versuchte, sie aus dem Hinterhalt zu retten.

KAPITEL 3

Durch den Rauch und die Flammen sah Anakin, wie der Flüchtige in den nächtlichen Verkehr abhob. Er setzte den Gleiter mit brüllenden Maschinen in Bewegung, allerdings mit weniger Begeisterung als zuvor. Diese Jagd würde ihnen nichts nutzen. Der gelbe Gleiter flog nach unten und nach links und verschwand zwischen zwei Gebäuden. Anakin lächelte und zog nach rechts. Er hatte eine Idee. *Wenn er dahin fliegt, wo ich denke …*

„Wohin fliegst du?", wollte Obi-Wan wissen. „Er ist dort hinunter geflogen, in die andere Richtung."

Sein Meister war noch immer wütend über die Verzögerung. Anakin seufzte. „Meister, wenn diese Verfolgungsjagd in dem Tempo weitergeht, wird sich dieser Mistkerl irgendwann in Rauch auflösen. Ich persönlich würde lieber herausfinden, wer er ist und für wen er arbeitet. Das ist 'ne Abkürzung." Er hielt kurz inne und fügte dann ehrlicherweise hinzu: „Hoffe ich."

„Was meinst du mit ‚hoffe ich'?" Obi-Wan wartete die Antwort ab. Als Anakin auf seinen Sarkasmus nicht einging, fügte er hinzu: „Wie auch immer. Du hast ihn verloren."

Anakin bremste den Gleiter ab und ließ ihn auf halber Höhe zwischen den beiden riesigen Gebäuden schweben. „Es tut mir zutiefst Leid, Meister", sagte er gedankenverloren. Wenn er jetzt versuchen würde, sich zu erklären, hätte das nur noch mehr Diskussionen zur Folge. Und dazu war keine Zeit. Obi-Wan würde schon verstehen, wenn ... Er sah die Bewegung, auf die er gewartet hatte und zählte still vor sich hin.

„Schöne Abkürzung", murmelte Obi-Wan. „Er ist in die genau entgegengesetzte Richtung verschwunden, Anakin ..."

„Bitte entschuldigt mich für einen Moment", unterbrach Anakin seinen Meister und sprang aus dem Gleiter ins Leere.

Er hatte seinen Sprung perfekt getimt. Der Flüchtige war ein paar Stockwerke unter ihnen und Anakin landete auf dem Dach des gelben Gleiters. Doch bevor er einen Halt finden konnte, beschleunigte der Pilot und Anakin rutschte beinahe ab. Dann, als er sich langsam nach vorn zog, bremste der Attentäter abrupt ab. Anakin flog nach vorn. Er bekam gerade noch eine der Frontgabeln des Gleiters zu fassen. Der Attentäter begann, auf ihn zu schießen.

Anakin wich den ersten Schüssen aus und fand dann eine Position, in der er vor dem Angriff geschützt war. Der Attentäter flog wieder los. Ein schneller Blick nach oben sagte Anakin, dass Obi-Wan die Kontrollen des Gleiters übernommen hatte und auf sie zukam. *Gut, jetzt hat dieser Kerl zwei Dinge, um die er sich Sorgen machen muss.*

Anakin arbeitete sich langsam zurück zum Dach des Gleiters. Er zog sein Lichtschwert und begann ein Loch in das Dach zu schmelzen. Ein Schuss aus dem Innenraum des Gleiters schlug ihm das Lichtschwert aus der Hand. *Ich wette, dass ich mir darüber etwas von Meister Obi-Wan anhören muss,* dachte Anakin missmutig und duckte sich vor einem weiteren Schuss, als das Lichtschwert unter ihm in die Tiefe fiel. *Doch zuerst muss ich diesem Typen den Blaster abnehmen.* Das Loch, das er in das Dach des Gleiters geschnitten hatte, war noch nicht groß genug, um hindurchzuklettern, aber es bot mehr als genug Platz für seinen Arm. Er schob seine Hand in das Cockpit und griff nach der Pistole, wobei er die Macht zur Hilfe nahm.

Der Attentäter zuckte überrascht zusammen und sah nach oben. Einen Augenblick starrte Anakin in das Augenpaar einer Frau. *He, dieser Typ ist gar kein Typ! Sie haben eine Frau geschickt, um Padmé umzubringen!* Anakin griff mit der Macht hinaus, um seine Beobachtung bestätigt zu wissen und spürte eine ungewöhnliche Vibration. *Es ist eine Frau, aber nicht so menschlich, wie sie aussieht. Ein Changeling?* Im gleichen Moment verwandelte sich der Attentäter in einen Clawditen. Anakin war eine Sekunde abgelenkt und sein Griff um den Blaster lockerte sich. Die Pistole ging los und riss ein Loch in den Boden des Gleiters.

Der Gleiter war außer Kontrolle und stürzte auf die Straße zu. Anakin konnte nichts weiter tun, als sich festzuhalten. Im letzten Augenblick zog der Attentäter die Nase des Fahrzeugs hoch, sodass der Gleiter lediglich eine harte Landung machte. Funken flogen überall umher und Passanten sprangen aus dem Weg. Anakin wurde über die Nase des Gleiters hinweg geschleudert und landete auf der Straße.

Die Frau kann beinahe so gut fliegen wie ich, dachte Anakin. Er kam gerade noch rechtzeitig auf die Beine, um zu sehen, wie die Attentäterin aus dem zerbeulten Gleiter stieg und die Straße entlanglief. Er folgte ihr, wobei er sich durch eine schnell größer werdende Menge von neugierigen Außerirdischen und verwirrten Droiden kämpfen musste. *Das erinnert mich an Tatooine …*

Anakin kam immer näher an die Attentäterin heran, doch plötzlich verschwand sie in der Tür eines Nachtklubs, dem *Outlander*. Anakin erreichte keuchend die Tür, als gerade ein zweiter Gleiter mit einer deutlich weniger spektakulären Landung ankam. Obi-Wan stieg aus. Er hielt Anakins Lichtschwert in der Hand. *Oh-oh. Ich wusste, dass ich mir darüber noch etwas anhören muss.*

„Anakin!“, sagte Obi-Wan.

„Sie ist in diesen Klub gegangen, Meister“, sagte Anakin und versuchte damit, vom Thema abzulenken.

„Geduld“, sagte Obi-Wan. „Nutze die Macht, Anakin. Denk nach.“

„Entschuldigt, Meister", sagte Anakin automatisch. Nachdenken? Er dachte vielmehr daran, dass die Attentäterin ihm entkommen würde. Obi-Wan musste doch erkennen ...

Obi-Wan seufzte. „Er will sich dort drin verstecken und nicht weiter fliehen."

Oh. „Ja, Meister."

Obi-Wan hielt ihm sein Lichtschwert hin. „Und versuche, das nicht wieder zu verlieren."

Das war ja gar nicht so schlimm. Anakin nickte und griff nach der Waffe.

Obi-Wan zog sie noch einmal weg. „Das Schwert eines Jedi ist sein kostbarster Besitz."

„Ja, Meister." Er konnte dieser Standpauke offensichtlich doch nicht entgehen. Wieder griff er nach dem Schwert und wieder zog Obi-Wan es weg.

„Er muss es immer bei sich tragen", sagte Obi-Wan.

„Ich *weiß*, Meister", gab Anakin zurück.

„Diese Waffe ist dein Leben."

Anakin konnte sich gerade noch verkneifen, mit den Augen zu rollen. „Ich habe diese Lektion schon einmal gehört."

„Du hast aber nichts dazugelernt, Anakin." Obi-Wan hielt schließlich das Lichtschwert hin und Anakin griff danach, bevor sein Meister es sich anders überlegen konnte.

„Ich werde es versuchen, Meister."

Obi-Wan seufzte und drehte sich zu dem Nachtklub um.

„Warum sagt mir mein Gefühl, dass du eines Tages noch mein Tod sein wirst?", fragte er beinahe abwesend.

Ein kalter Schauer lief Anakin über den Rücken. „Sagt das nicht, Meister!", stieß er hervor, ohne Rücksicht auf die umherstehenden Leute, die es hören konnten. Obi-Wan sah ihn an und hob in einer Mischung aus Zweifel und Missbilligung die Augenbrauen. Anakin schluckte und fuhr etwas leiser fort: „Ihr seid für mich so etwas wie ein Vater. Ich liebe Euch. Ich will Euch nicht verletzen." *Ich will Euch nicht verlieren, wie ich meine Mutter verloren habe.* Anakin musste wieder an seine Träume denken und schauderte. Würde er jetzt auch Albträume über Obi-Wan haben?

Doch Obi-Wan sah ihn nur an und sagte in mildem Ton: „Warum hörst du dann nicht auf mich?"

„Aber ich *versuche* es doch."

Obi-Wan nickte. Er schaute durch den dicht besetzten Raum und sagte im bekannten lehrerhaften Ton: „Siehst du ihn?"

„Ich glaube, er ist eine Sie", sagte Anakin. Er warf einen Blick auf die Menge, erkannte aber niemanden, der wie die Attentäterin aussah. Da fiel ihm wieder die Anomalie auf, die er gespürt hatte und er sagte: „Ich glaube, sie ist ein Changeling."

„Dann sei ganz besonders vorsichtig", sagte Obi-Wan. Anakin blinzelte überrascht und sein Meister nickte kurz in Richtung des Raumes. „Geh und such sie."

„Aber ... was werdet Ihr tun, Meister?", fragte Anakin, als Obi-Wan in der Menge verschwand.

„Ich gehe etwas trinken", sagte Obi-Wan über die Schulter. Anakin blinzelte wieder und begann, sich an der Wand entlang durch die Menge zu arbeiten. Allerhand unterschiedliche Wesen starrten ihn an und sahen wieder weg; die meisten von ihnen waren zu klein oder hatten zu viele Gliedmaßen, um die Attentäterin zu sein. *Obi-Wan muss wirklich sehr besorgt sein*, dachte er mit dem kleinen Teil seines Verstandes, der nicht nach der Attentäterin suchte. Es war nicht die Art seines Meisters, Anakin die ganze Arbeit zu überlassen, aber vielleicht ... Anakin drehte sich zurück zur Bar – und da sah er die Attentäterin. Sie stand genau hinter Obi-Wan und hatte einen Blaster in der Hand.

Bevor Anakin ihn warnen konnte, wirbelte Obi-Wan herum. Sein Lichtschwert summte durch die plötzliche Stille und durchschnitt den Arm der Attentäterin. Anakin lief auf die Bar zu. Er spürte den Schmerz der Frau und die aufbrandende Wut der Wesen um ihn herum, doch sein Meister strahlte wie immer Ruhe und Gelassenheit aus. *Er hat erwartet, dass das geschehen würde,* dachte Anakin beschämt. *Er hat sich als Köder postiert!* Dann war er bei Obi-Wan. Die Attentäterin lag zusammengesackt zu seinen Füßen. Ihr Arm – und der Blaster – lagen in einer Blutlache neben ihr.

„Ganz ruhig", sagte Anakin zu der Menge. „Das ist eine Angelegenheit für Jedi. Keine Aufregung."

Die Wesen an der Bar folgten zögernd der Anweisung. Offensichtlich wollte keiner es mit zwei Lichtschwertern aufnehmen – vor allem angesichts der Tatsache, dass eine Person schon in Stücke zerlegt worden war. Obi-Wan deaktivierte sein Lichtschwert. Anakin tat einen Augenblick später dasselbe. Gemeinsam trugen sie die verletzte Attentäterin nach draußen.

„Weißt du, wen du da umzubringen versucht hast?", fragte Obi-Wan, als er sich um ihre Schulter kümmerte.

„Die Senatorin von Naboo", antwortete die Attentäterin bereitwillig.

„Wer hat dich beauftragt?"

Die Frau sah Obi-Wan mit stechendem Blick an. Anakin ging davon aus, dass sie nichts mehr sagen würde. Dann sagte sie: „Es war nur ein Job. Und der nächste wird nicht denselben Fehler machen wie ich."

„Sag es uns!", stieß Anakin hervor und griff mit der Macht nach ihr. *„Sag es uns sofort!"*

„Es war ein Kopfgeldjäger namens ..." Die Frau zuckte zusammen, verdrehte überrascht die Augen und starb. Anakin hörte ein Zischen und sah gerade noch rechtzeitig nach oben, um eine gepanzerte Gestalt mit einem Raketenrucksack aufsteigen und um ein Gebäude fliegen zu sehen. *Ein Kopfgeldjäger! Wahrscheinlich der, der sie angeheuert hatte. Und wir haben keine Chance, ihn zu stellen. Der Gleiter steht auf der anderen Seite und der Kopfgeldjäger wird längst weg sein, bevor wir ihn erreichen.*

Obi-Wan beugte sich nach vorn. Er strich seine Finger über den Hals der Attentäterin. Dann hielt er einen kurzen, dicken Pfeil von der Länge seines Fingers vor Anakin, damit er ihn untersuchen konnte.

„Ein Giftpfeil", sagte er überflüssigerweise.

Und wir wissen noch immer nicht, wer versucht, Padmé umzubringen, dachte Anakin. *Das ist nicht gut.*

KAPITEL 4

Obi-Wan hasste es, dem Rat der Jedi einen unvollständig Bericht erstatten zu müssen, doch in diesem Fall war es absolut notwendig. Am nächsten Morgen kehrten sie als Erstes zum Jedi-Tempel zurück, um den versammelten Ratsmitgliedern ihre Geschichte zu erzählen.

Der Jedi-Rat saß in einem Kreis, um die Gleichheit der Mitglieder zu betonen; dennoch wusste jeder, dass Meister Yoda und Meister Windu die bedeutendsten unter ihnen waren. Als Obi-Wan seinen Bericht abgeschlossen hatte, folgte zunächst ein Augenblick des Schweigens. Dann sahen alle Yoda an. Der betrachtete seine Ratskollegen genau, so als hörte er sich schweigend ihre Meinung an. „Aufspüren diesen Kopfgeldjäger du musst, Obi-Wan", sagte er schließlich.

„Und was noch wichtiger ist: Finde heraus, für wen er arbeitet", fügte Mace Windu hinzu.

Obi-Wan spürte, wie eine gewisse Spannung von Anakin abfiel. Er schätzte zwar Anakins Vertrauen in seine eigenen Fähigkeiten, den Attentäter zu finden, doch sein Padawan hätte in der Zwischenzeit auch gelernt haben müssen, dass der Auftrag für eine Mission nicht unbedingt deren erfolgreichen Abschluss bedeuten musste. Außerdem mussten sie auch an Padmé denken. „Was soll mit Senatorin Amidala geschehen?", fragte er. „Sie wird weiterhin Schutz brauchen."

„Sich darum kümmern dein Padawan wird", sagte Yoda.

Obi-Wan sah Yoda konsterniert an. Anakin sollte allein auf Padmé Acht geben? *Er ist zu jung und zu sehr an ihr interessiert. Sie sollten jemand anderen damit beauftragen.* Doch das konnte er dem Rat nicht in Anakins Beisein sagen, nicht ohne einen wirklich triftigen Grund zu haben. Alles, was er hatte, war ein ungutes Gefühl. Er schwieg.

„Anakin", sagte Mace Windu, „begleite die Senatorin zurück zu ihrem Heimatplaneten Naboo. Dort ist sie sicherer. Und benutzt keine offiziellen Transportmittel. Reist als Flüchtlinge."

„Es wird sehr schwer sein, Senatorin Amidala davon zu überzeugen, dass sie Coruscant verlassen soll", sagte Anakin.

Wenigstens denkt er nach. Obi-Wan war nicht mehr ganz so beunruhigt. Solange Anakin über das nachdachte, was er tat, anstatt einfach impulsiv loszulaufen, wäre alles in Ordnung.

Meister Yodas Ohren drehten sich streng nach unten. „Bis gefangen dieser Attentäter ist, unser Urteil sie respektieren muss."

Anakin schien noch immer zu zweifeln – und das nicht

ohne Grund, wie Obi-Wan fand. *Senatorin Amidala wird kaum Anweisungen von jemandem annehmen, den sie noch als kleinen Jungen kannte.* Mace Windu sah die beiden nachdenklich an und sagte dann: „Anakin, begib dich zum Senat und bitte Kanzler Palpatine, mit ihr in dieser Angelegenheit zu sprechen."

Die anderen Ratsmitglieder nickten. Es war eine gute Idee, wie Obi-Wan zugeben musste. Wenn irgendjemand Padmé überzeugen konnte, den Ratschlag der Jedi anzunehmen, dann war es Palpatine. Weshalb hatte Obi-Wan dennoch ein so ungutes Gefühl bei dieser Sache?

Anakin lief eilig am Senat vorbei zu dem riesigen Bürogebäude daneben. Er war erst ein paar Mal im Büro des Kanzlers gewesen und dann in Begleitung seines Meisters – aber er wusste, wohin er gehen musste. Palpatines Büro befand sich ganz oben in dem Wolkenkratzer.

Als er von dem Problem hörte, nickte Kanzler Palpatine verständnisvoll. „Ich werde mit ihr reden", sagte er zu Anakin. „Senatorin Amidala wird sich einer offiziellen Anordnung nicht widersetzen. Ich kenne sie gut genug, um mir dessen sicher sein zu können."

„Danke, Euer Exzellenz", gab Anakin zurück. Er warf noch einen letzten Blick aus dem Fenster – aus dem Büro des Kanzlers hatte man eine unvergleichliche Aussicht auf die sich endlos erstreckende Stadt dort unten. Anakin hatte das schon immer bewundert.

Bevor Anakin sich verabschieden konnte, schenkte Palpatine ihm ein warmes Lächeln. „Also hat man dir endlich einen eigenen Auftrag zugewiesen, junger Padawan", sagte er und Anakin spürte sein Interesse und seine Anerkennung. „Deine Geduld hat sich bezahlt gemacht."

„Eure Fürsprache mehr als meine Geduld", sagte Anakin, konnte sich aber wie immer angesichts von Palpatines Interesse einem gewissen Gefühl der Dankbarkeit nicht erwehren. Als sie sich kurz nach dem Krieg auf Naboo zum ersten Mal getroffen hatten, war Anakin erst neun gewesen. Er hatte nicht damit gerechnet, dass sich eine solch wichtige Person wie der Kanzler an ihn erinnern würde. Doch Kanzler Palpatine hatte damals gesagt, dass er seine Karriere mit großem Interesse verfolgen würde – und genau das hatte er getan. Der Kanzler hielt seine Versprechen. Anakin konnte nicht verstehen, weshalb Obi-Wan ihm stets misstraute, nur weil er ein Politiker war.

„Du bedarfst keiner Fürsprache, Anakin", sagte der Kanzler ernst. „Du wirst schon bald lernen, deinen Gefühlen zu vertrauen. Dann wirst du unbesiegbar sein." Er drehte sich um und ging mit Anakin zur Tür. „Ich habe es schon oft gesagt: Du bist der begabteste Jedi, den ich je gesehen habe."

Anakin überkam ein wohliger Schauer bei diesem Kompliment. Und da es vom Kanzler kam, bedeutete es ihm noch viel mehr. *Er ist nicht einmal ein Jedi und erkennt, dass ich Talent habe!* „Vielen Dank, Euer Exzellenz", sagte er.

Palpatine lächelte, so als wüsste er nur allzu gut, wie wohl sein Lob Anakin tat. „Ich sehe, dass du der größte aller Jedi werden wirst, Anakin. Sogar noch mächtiger als Meister Yoda."

Angesichts einer solch eindrucksvollen Vision seiner Zukunft konnte Anakin nur leicht verwirrt seinen Dank und seine Wertschätzung murmeln. Doch als er das Gebäude verließ, fühlte er sich, als schwebte er in Wolken.

Sobald der Rat der Jedi seine Sitzung beendet hatte, suchte Obi-Wan Meister Yoda auf. Er durfte Anakin nicht verletzten, indem er seine Zweifel an der Mission öffentlich aussprach, Yoda hingegen konnte er vertraulich um Rat bitten.

Er fand Yoda, wie er in einem Schwebestuhl durch die Korridore des Jedi-Tempels schlenderte. Er war dabei tief in eine Diskussion mit Mace Windu versunken, der neben ihm ging. Die beiden sahen Obi-Wan aufmunternd an. Obi-Wan zögerte einen Augenblick, als er die beiden sah. Er hatte eigentlich vorgehabt, mit Meister Yoda allein zu reden, aber eine weitere Meinung könnte hilfreich sein – und Meister Windu war sicher ebenso verständnisvoll wie Meister Yoda.

„Ich mache mir Sorgen um meinen Padawan", sagte Obi-Wan zu ihnen. „Er ist noch nicht bereit, einen Auftrag allein durchzuführen."

Yoda neigte den Kopf zur Seite und sah ihn von unten

an. „Der Rat sich sicher in seiner Entscheidung ist, Obi-Wan."

„Die Fähigkeiten dieses Jungen sind außergewöhnlich", fügte Meister Windu hinzu.

„Trotzdem hat er noch viel zu lernen, Meister", sagte Obi-Wan. „Und seine Fähigkeiten haben ihn ... nun ja ... arrogant gemacht."

Zu seiner Überraschung nickte Yoda zustimmend. „Ja, ja", sagte der kleine Jedi-Meister. „Das ist eine Schwäche zunehmend verbreitet unter den Jedi. Zu selbstgewiss sie sind. Selbst die älteren, mit weit mehr Erfahrung."

Und Meister Yoda macht sich darüber Sorgen, dachte Obi-Wan. *Sonst wäre er nicht so überzeugt und würde es nicht eine verbreitete Schwäche nennen.* Er dachte an seine erste Begegnung mit Anakin zurück. Der Junge war um einiges älter als üblich für den Beginn einer Jedi-Ausbildung gewesen – *zu* alt, wie manche gesagt hatten. Aber wenn Anakin zu alt gewesen war, dann war Obi-Wan auf jeden Fall zu jung gewesen, um einen Padawan-Schüler anzunehmen. *Vielleicht waren beide Seiten arrogant.* War es wirklich Anakin, an dem er zweifelte, oder zweifelte er an seinen eigenen Fähigkeiten als Lehrer?

„Vergiss nicht, Obi-Wan", sagte Meister Windu. „Wenn die Prophezeiung zutrifft, dann ist dein Padawan der Einzige, der die Macht wieder ins Gleichgewicht bringen kann."

„Wenn er dem richtigen Weg folgt", sagte Obi-Wan ohne nachzudenken. Dann *dachte* er nach und schauderte. Prophezeiungen waren eine vertrackte Sache und die Dunkle Seite der Macht wurde immer stärker. Anakin würde natürlich niemals diesen Weg beschreiten, aber …

Was würde geschehen, wenn er es täte?

Padmé legte eine Seidenjacke in ihre Tragetasche und strich sie mit übertriebener Sorgfalt glatt. Es war ihr nicht recht, von Coruscant eskortiert zu werden, nachdem sie so viele Mühen auf sich genommen hatte, um rechtzeitig zur Abstimmung zu kommen. *Sei ehrlich: Du hasst es, wegzulaufen, Punkt.* Aber Kanzler Palpatine war sehr entschieden gewesen.

Sie bemerkte, wie Dormé sie müde von der Seite ansah und seufzte. Sie durfte ihre Wut nicht an Leuten auslassen, die mit dem eigentlichen Problem nichts zu tun hatten. Sie legte einen Rock in die Tasche und spähte zur Tür, wo Anakin stand und mit Jar Jar Binks redete, als wäre alles ganz normal. *Er* war das Problem – dieser frühreife Jedi-Schüler, der Kanzler Palpatine dazu überredet hatte, dass sie Coruscant verlassen sollte.

Jar Jar sah ihren Blick und schaute sie unsicher an. Padmé seufzte noch einmal. Auch er hatte keine Schuld an ihrer Lage. An Jar Jars Miene war abzulesen, dass Anakin nicht alles erklärt hatte. Das konnte er auch nicht, denn schließlich war *er* nicht der Senator. Sie rang sich ein Lächeln ab und sagte zu Jar Jar: „Ich werde mich für längere Zeit von meinen Pflichten zurückziehen. Es wird Eure Aufgabe sein, meine Stelle im Senat einzunehmen. Abgeordneter Binks, ich weiß, dass ich auf Euch zählen kann."

„Michse sehr geehrt übernehmen diese superheftig schwere Bürde", gab Jar Jar Binks ein wenig pompös zurück. „Michse dies akzeptieren mit mui mui Demütigkeit und ..."

Padmé ging zu ihm und nahm ihn in den Arm, was ihn vollkommen aus dem Konzept brachte. „Ihr seid ein guter Freund, Jar Jar", sagte sie. „Aber ich möchte Euch nicht weiter aufhalten. Ich bin überzeugt, dass Ihr viel zu tun habt."

„Selbst natürlich, Mylady", sagte Jar Jar. Er nickte Anakin im Gehen zu, was Padmé nur noch wütender machte.

Jar Jar war kaum weg, da wandte sich Padmé an Anakin. „Ich mag dieses Versteckspiel nicht", beschwerte sie sich.

Anakin hob beschwichtigend die Hände. „Keine Sorge", sagte er. „Jetzt, wo der Rat eine Untersuchung angeordnet hat, wird Meister Kenobi nicht mehr lange brauchen, bis er diesen Kopfgeldjäger gefunden hat."

Als ob das das Hauptproblem wäre! Padmé sah ihn grimmig an. „Ich habe mich nicht ein ganzes Jahr gegen die Aufstellung einer Armee eingesetzt, um dann an der entscheidenden Abstimmung nicht teilzunehmen!"

„Manchmal müssen wir unseren Stolz vergessen und tun, was von uns erwartet wird."

Er klingt, als würde er einem kleinen Kind eine Lektion erteilen! Nur weil er so groß geworden ist ... „Stolz?" Sie richtete sich in all ihrer Förmlichkeit und Würde als Senatorin auf. „Annie, du bist noch jung und hast nicht viel Erfahrung mit Politik. Ich schlage vor, dass du dir deine Meinung für später aufhebst."

Anakins Gesicht zeigte nur kurz, dass er verletzt war, bevor auch er sich schnell in Formalitäten flüchtete. „Entschuldigt, Mylady", sagte er. Als er sich abwandte, hörte sie ihn murmeln: „Ich wollte doch nur ..."

Was? Helfen? Annie hatte immer versucht, zu helfen. Doch jetzt spürte sie, wie er sich von ihr zurückzog und irgendwie wusste sie, dass er es nur aus einem Grund tat: Er dachte, sie wollte es so. „Annie", protestierte sie. „Nein!"

Er hob den Kopf und sah sie einen langen Augenblick an. Er schien beinahe noch verletzter zu sein als zuvor. Dann sagte er leise: „Nenn mich bitte nicht so."

„Wie?" Sie hatte ihn nicht beleidigt. Sie hatte ihn nur ... „Annie" genannt.

Padmé sah ihn erstaunt an. Sie hatte all ihren Ärger vergessen. „Aber ich habe dich immer so genannt. Das ist doch dein Name, oder nicht?"

„Ich heiße Anakin", sagte er und sie hörte in seiner Stimme das Echo eines neunjährigen Jungen, der sagen wollte: *Ich heiße Anakin und ich bin eine Person.* „Wenn du Annie sagst, dann ist das so, als wäre ich noch immer ein kleiner Junge. Und das bin ich nicht mehr."

„Es tut mir Leid, Anakin", sagte sie voller Aufrichtigkeit. Dann lächelte sie und ließ ihren Blick von seinen Füßen nach oben wandern – weiter und weiter, bis ihr Kopf im Nacken lag und sie sein Gesicht betrachten konnte. „Es ist nicht zu übersehen, dass du erwachsen geworden bist."

Anakin lief rot an und senkte seinen Blick. „Meister Obi-Wan gelingt es, dies nicht zu bemerken", murmelte er.

„Es liegt in der Art von Lehrern, mehr unserer Fehler zu entdecken, als es uns lieb ist", sagte Padmé und dachte dabei an ihre eigenen Lehrer auf Naboo. „Nur auf diese Weise werden wir erwachsen."

„Versteh mich nicht falsch", sagte Anakin und sah auf. „Obi-Wan ist ein guter Lehrmeister, so weise wie Meister Yoda und so mächtig wie Meister Mace Windu. Ich bin wirklich dankbar, sein Schüler zu sein. Aber ..." Er zögerte, so als wäre nicht sicher, ob er aussprechen sollte, was er wirklich sagen wollte.

Padmé nickte ihm aufmunternd zu und nach einem kurzen Augenblick fuhr Anakin fort. „Obwohl ich ein Padawan-Schüler bin, bin ich ihm in manchen Punkten – in vielen Punkten – weit voraus. Ich bin bereit für die Prüfung, das weiß ich sicher! Und er weiß es ebenso. Doch er hat das Gefühl, dass ich zu unberechenbar bin." Er redete jetzt beinahe mit sich selbst. Die Worte hörten sich so an wie etwas, das er sich selbst schon so oft gesagt hatte. „Andere Jedi in meinem Alter haben die Prüfung gemacht und geschafft. Ich weiß, dass ich meine Ausbildung spät begonnen habe, aber er lässt es nicht zu, dass ich vorwärts komme."

„Das muss enttäuschend sein", sagte Padmé. Sie musste sich anstrengen, nicht zu lächeln.

„Schlimmer", stieß Anakin hervor. „Er ist über alle Maßen kritisch. Er hört nie zu! Er versteht einfach nicht. Das ist nicht fair!"

Padmé lachte unwillkürlich. Anakin sah sie überrascht an und sie schüttelte den Kopf. „Entschuldige, aber du klingst genau wie der kleine Junge, den ich damals kennen gelernt habe – wenn die Dinge nicht nach seinem Willen gingen."

„Ich jammere nicht", protestierte Anakin. „Wirklich nicht!"

Padmé, die noch immer lächelte, schüttelte noch einmal den Kopf. „Ich habe das nicht gesagt, um dich zu verletzen."

„Ich weiß", sagte Anakin leise und sie wusste, dass er es ernst meinte.

„Anakin", sagte sie nach einem Moment der Stille. „Versuch nicht, allzu schnell erwachsen zu werden."

„Aber ich bin erwachsen", erwiderte er. „Du hast es doch selbst gesagt." Er blickte hinab und sah ihr in die Augen.

Die Intensität seines Blickes war beunruhigend. Sie konnte sich nicht erinnern, wann sie das letzte Mal so von jemandem angesehen worden war – nicht als die Senatorin oder die Königin Amidala und nicht als die entschlossene junge Abgeordnete, sondern einfach als Padmé. *Und er hat einen so tiefen Blick ...* Sie riss sich zusammen. „Bitte sieh mich nicht so an“, sagte sie.

Anakin blinzelte. „Warum nicht?“

„Weil ich sehen kann, was du denkst.“ Sie hatte es nicht so direkt sagen wollen.

„Ah“, lachte Anakin und nickte. „Also hast du auch Jedi-Kräfte.“

Padmé wandte sich ab. Dieser ehemalige Sklavenjunge hatte kein Recht, sich über sie lustig zu machen. „Es ist mir unangenehm“, sagte sie steif.

„Es tut mir Leid, Mylady.“ Anakin klang aufrichtig, doch Padmé wurde das Gefühl nicht los, dass er sich noch immer über sie lustig machte. Sie presste die Lippen zusammen und ging entschlossen davon, um ihre Sachen zu packen.

KAPITEL 5

Obi-Wan, Captain Typho und Dormé gingen zusammen mit Anakin und Padmé zu den Frachterdocks des Raumhafens. Obi-Wan war im Stillen der Meinung, dass schon dies zu viele Leute waren, doch Captain Typho war Padmés offizieller Sicherheitsbeauftragter und Padmé machte sich Sorgen um ihre Dienerin, die ihren Platz als ‚Senatorin Amidala' einnahm, in der Hoffnung damit die Attentäter zu täuschen. Obi-Wan hatte sich nicht sonderlich viel Mühe gegeben, ihnen diesen Plan auszureden. Er hatte allerdings darauf bestanden, dass niemand außer Padmé und Anakin aus dem kleinen Transporter steigen würden, der sie zu den Docks brachte. Ein Jedi, ein uniformierter Naboo-Offizier und ‚Senatorin Amidala' würden zu viel Aufmerksamkeit erregen – und immerhin war der einzige Grund für Padmés Transport mit einem Frachter der, sie unauffällig von Coruscant wegzubekommen.

Anakin und Padmé trugen lockere, bequeme Kleidung in Braun- und Grautönen. Anakin hatte seinen Padawan-Zopf am Hinterkopf verknotet, damit er weniger auffiel.

Ein Jedi-Padawan, der eine junge Frau auf einem Flüchtlings-Transporter begleitete, war ungewöhnlich genug, um Aufsehen zu erregen. Obi-Wan betrachtete sie zum hundertsten Mal genau und entschied, dass ihre Verkleidung gut genug war.

Endlich legte der Transporter an den Docks an. Während Padmé und Dormé sich recht tränenreich verabschiedeten, zog Obi-Wan Anakin zur Seite. Er ignorierte dessen störrische Miene und wiederholte noch einmal die zentralen Aufgaben der Mission. Dabei betonte er ein Detail ganz besonders: „Anakin, du bleibst auf Naboo. Unternimm nichts, ohne zuerst meine Zustimmung oder die des Rates einzuholen."

„Ja, Meister", sagte Anakin im Tonfall von jemanden, der sich schon allzu oft dasselbe hatte anhören müssen.

Obi-Wan seufzte und wünschte, er könnte daran glauben. Er dachte zwar nicht, dass Anakin log; er war sich ziemlich sicher, dass sein Padawan den Anweisungen Folge leisten *wollte*. Anakin meinte es immer gut. Aber er war impulsiv und vertraute zu sehr auf sich und seine Fähigkeiten. Wenn er der Meinung war, dass es notwendig wurde, konnte er ohne weiteres sein Versprechen vergessen und alles gefährden. *Dies ist die einzige Möglichkeit, Padmés Sicherheit zu gewährleisten,* sagte Obi-Wan zu sich selbst. Der letzte Attentäter war ihr nur allzu nahe gekommen. Und doch wurde er ein ungutes Gefühl nicht los.

Padmé hatte sich von ihrer Dienerin verabschiedet und

kam zu ihnen. Sie sah besorgt aus. Obi-Wan nickte und sagte: „Ich werde diese Verschwörung bald ergründet haben, Mylady. Ihr werdet in kürzester Zeit wieder hier sein."

„Ich wäre Euch sehr verbunden, wenn Ihr Euch beeilen würdet, Jedi-Meister", gab Padmé förmlich zurück.

Sie ist noch immer verärgert darüber, dass sie Coruscant verlassen muss, dachte Obi-Wan. Er war kurz davor, die Reise abzusagen oder nach einer Alternative zu suchen, doch Anakin nahm ihre verbeulten Reisekisten und sagte: „Zeit zu gehen."

Padmé nahm Dormé ein letztes Mal in den Arm. Dann ging sie mit Anakin zur Tür des Transporters, wo R2-D2 darauf wartete, sie zu begleiten.

„Möge die Macht mit dir sein", sagte Obi-Wan zu Anakin.

„Möge die Macht mit Euch sein, Meister", gab Anakin zurück.

Weshalb habe ich das Gefühl, als würde ich mich gerade zum letzten Mal von ihm verabschieden? Obi-Wan riss sich zusammen. Er tat genau das, wofür er Anakin immer zurechtwies – er konzentrierte sich auf das Negative. Doch als er Anakin und Padmé mit R2 im Raumhafen verschwinden sah, konnte nicht anders als Captain Typho zuflüstern: „Ich hoffe nur, er unternimmt nicht irgendetwas Unbedachtes."

Captain Typho warf Obi-Wan einen Blick zu und schüttelte den Kopf. „Ehrlich gesagt würde ich mir diesbezüglich mehr Sorgen über die Senatorin machen."

Ihr kennt Anakin nicht. Andererseits waren ein paar der Dinge, die Padmé während des Naboo-Krieges unternommen hatte, ebenso riskant gewesen wie alles, was sein Padawan vorgeschlagen hatte. Vielleicht war das der Grund für seine Unruhe.

Sie warteten schweigend, bis der Frachter abgehoben hatte. Obi-Wan griff sogar mit seinen Jedi-Sinnen hinaus, um sicherzugehen, dass Anakin und Padmé an Bord waren. Er hatte beinahe befürchtet, dass Padmé Anakin im letzten Augenblick dazu überreden könnte, sie hier bleiben zu lassen.

Sobald er wusste, dass alles gut abgelaufen war, schickte er den Transporter zurück zum diplomatischen Sektor von Coruscant. Er setzte Captain Typho und Dormé beim Apartment des Senators ab, damit sie dort ihre gefährliche Maskerade fortsetzen konnten und fuhr weiter zum Jedi-Tempel. Er hatte Padmé versprochen, dass er die Ermittlungen schnell abschließen würde und deshalb wollte er sich gleich an die Arbeit machen.

Die Analyse-Kabinen im Tempel waren fast alle belegt, er fand dennoch eine leere. Er zog den Giftpfeil hervor, der die Attentäterin umgebracht hatte und legte ihn auf die Sensorenschale. „Ich muss wissen, wo dieser Pfeil herkommt und wer ihn hergestellt hat", sagte er zu dem Analyse-Droiden.

„Einen Augenblick bitte", erwiderte der Droide. Er nahm die Schale und begann mit der Arbeit.

Obi-Wan wartete und betrachtete die Diagramme und Daten, die schnell auf dem Display des Droiden vorbeiscrollten. Dann, zu seiner Überraschung, wurde der Schirm leer.

„Markierungen können nicht identifiziert werden", gab der Droide bekannt. „Wie Ihr auf unserem Display erkennen könnt, existiert diese Waffe in keiner bekannten Kultur. Möglicherweise der Eigenbau eines Kriegers, der mit keiner bekannten Gesellschaft in Verbindung steht. Bitte tretet von der Sensorenschale zurück." Die Schale glitt heraus, damit Obi-Wan den Pfeil wieder an sich nehmen konnte.

„Entschuldige", sagte Obi-Wan, „könntest du es noch einmal versuchen?"

„Jedi-Meister, unsere Aufzeichnungen sind sehr gründlich", sagte der Droide. Wäre das ein Mensch, dachte Obi-Wan, würde er jetzt missmutig klingen wegen der Unterstellung, er hätte nicht gründlich genug untersucht. „Wenn ich Euch nicht sagen kann, wo der Pfeil herkommt, kann es niemand."

Obi-Wan betrachtete den Pfeil. *Niemand kann es? Hmmm. Vielleicht ...* „Vielen Dank für die Hilfe", sagte er zu dem Droiden, als er den Pfeil einpackte. Er drehte sich weg und sagte halb zu sich selbst: „Ich weiß, wer ihn identifizieren kann."

Er hätte schwören können, hinter sich ein ungläubiges Schnauben gehört zu haben, als er die Analyse-Kabine verließ.

Auf den ersten Blick sah Dex's Diner wie jedes andere heruntergekommene Restaurant in diesem schäbigen Teil der Stadt aus. An der Wand reihten sich glänzende, kastanienbraune Essnischen, der Boden war gekachelt und die Theke vor der Wand war hochglanzverchromt. Dex's war allerdings viel sauberer und roch weniger übel als die meisten anderen Läden dieser Art, die Obi-Wan betreten hatte.

Der weiblich anmutende Service-Droide, der die Nischen reinigte, reagierte auf Obi-Wans Frage nach Dexter zunächst nicht sehr hilfsbereit. „Er ist nicht in Schwierigkeiten", sagte Obi-Wan dann. „Es ist etwas Persönliches."

Die Droidin sah ihn lange abschätzend an. Dann rief sie durch eine offene Serviceluke: „Da will dich einer sprechen, Schätzchen." Dann fügte sie etwas leiser hinzu: „Ein Jedi, würde ich mal annehmen."

Eine Dampfwolke und ein gewaltiger Kopf kamen plötzlich aus der Serviceluke hervor. „Obi-Wan!", rief Dexter munter. „Setz dich hin! Ich bin gleich bei dir!"

Obi-Wan lächelte und setzte sich an einen leeren Tisch. Die mittlerweile beruhigte Service-Droidin brachte zwei Tassen mit dampfendem Ardees. Einen Augenblick später tauchte Dexter aus dem Hinterzimmer auf. Er hatte sich nicht viel verändert, seitdem Obi-Wan ihn das letzte Mal gesehen hatte – er war etwas älter, hatte weniger Haare und war vielleicht etwas schwerer geworden, obwohl bei seiner Masse ein paar Kilo keinen Unterschied machten. Er zwängte strahlend seinen gewaltigen Körper mit den vier Armen in den Stuhl gegenüber von Obi-Wan.

„Nun mein Freund, was kann ich für dich tun?", fragte er, mit allen vier Armen gestikulierend.

„Du kannst mir sagen, was das hier ist", sagte Obi-Wan und schob den Pfeil über den Tisch.

Dexters Augen weiteten sich. „Ja ist es denn die Möglichkeit", sagte er leise. Mit einer für ein solch großes Wesen überraschenden Feinfühligkeit nahm er den Pfeil in die Hand und drehte ihn um. „So ein Ding habe ich nicht mehr gesehen, seitdem ich geschürft habe. Auf Subterrel hinter dem Outer Rim."

„Weißt du, wo er herstammt?", fragte Obi-Wan und beugte sich nach vorn.

Dexter grinste. „Dieses Baby gehört den Klonern. Das Ding, das du da hast, ist ein Kamino-Saberdart."

So viel zum Thema „Wenn ich es Euch nicht sagen kann, kann es niemand", dachte Obi-Wan mit einer gewissen Befriedigung. „Ein Kamino-Saberdart?", wiederholte er. „Ich frage mich, weshalb der nicht in unserem Analyse-Archiv geführt ist."

„An diesen komischen kleinen Einschnitten an der Seite kann man sie erkennen", sagte Dexter und zeigte darauf.

„Die Analyse-Droiden, die ihr da drüben habt, konzentrieren sich nur auf Symbole." Er grinste wieder vergnügt und fügte schlitzohrig hinzu: „Ich hatte angenommen, dass Ihr Jedi mehr Respekt vor dem Unterschied zwischen Wissen und Weisheit habt."

„Nun, Dex, wenn Droiden denken könnten, dann wäre keiner von uns beiden hier, oder?", sagte Obi-Wan und beide lachten. Obi-Wan sah sich den Pfeil noch einmal genau an. „Kamino", sagte er nachdenklich. „Kommt mir nicht bekannt vor. Liegt das in der Republik?"

„Nein, es liegt hinter dem Outer Rim", erklärte Dexter ihm. „Ungefähr zwölf Parsecs außerhalb des Rishi Maze. Sollte leicht zu finden sein, sogar für die Droiden in deinem Archiv." Er machte eine kurze Pause. Als Obi-Wan nicht reagierte, fuhr er fort. „Diese Kaminoaner bleiben gewöhnlich unter sich. Sie sind Kloner. Und auch noch verdammt gute."

Obi-Wan sah ihn fragend an. „Kloner? Sind sie gefährlich?"

„Tja, kommt drauf an", gab Dexter ernst zurück.

„Auf was kommt es an, Dex?"

Dieses Mal grinste Dex weniger humorvoll. „Na, wie gut deine Manieren sind ... und wie dick dein Portemonnaie."

Der Frachtraum des Transporters war dunkel und überfüllt. Er hatte nichts von den hellen, weiten Räumen der Königlichen Naboo-Kreuzer. *So sind Raumreisen für die meisten*

Leute, sagte sich Padmé. Es erinnerte sie ein wenig an ihre Arbeit mit der Hilfsorganisation auf Shadda-Bi-Boran, als sie acht Jahre alt gewesen war. Sie hatte schon seit Jahren nicht mehr daran gedacht.

Sie riss sich zusammen und betrachtete die Gesichter um sie herum. Einige schienen müde und erschöpft zu sein, einige voll neuer Hoffnungen. Niemand sah wie ein potenzieller Attentäter aus. *Aber wie sieht ein Attentäter aus? Ich habe noch nie einen gesehen. Nur den Droiden vor meinem Fenster gestern Abend. Vielleicht sehen Attentäter so aus wie alle anderen?* Ein kalter Schauder lief ihr über den Rücken, als sie darüber nachdachte, wer wohl damit seinen Lebensunterhalt bestritt, andere Wesen zu jagen und umzubringen.

Neben ihr wälzte sich Anakin wieder einmal im Schlaf. Er hatte sich hin und her gedreht, seitdem er sich schlafen gelegt hatte. Padmé fragte sich, ob er das immer tat, als sie ihn murmeln hörte: „Nein! Mom, nein!" Sie beugte sich zu ihm hinunter und sah, dass er schwitzte. Sie legte sanft eine Hand auf seinen Arm und hoffte, dass sie ihn nicht wachrütteln musste.

Anakin schien einen leichten Schlaf zu haben. Er öffnete sofort die Augen und schaute sie sichtlich verwirrt an. „Was?"

„Du hattest wohl einen Albtraum", sagte Padmé.

Anakin blickte sie durchringend an. Padmé schaute weg und sah, wie R2-D2 mit zwei Tabletts mit Brot heranrollte.

Als sie leicht überrascht blinzelte, fuhr der kleine Droide eine Röhre aus und füllte zwei Schalen mit Mush. *Ich dachte, es gibt an Bord dieses Schiffes keine Service-Droiden. Na ja, ich wusste schon immer, dass R2 sich gern nützlich macht.* „Hast du Hunger?", fragte sie Anakin.

Er nickte und sie gab ihm eine der Schalen. „Danke", sagte er.

„Wir haben vor einiger Zeit den Sprung in die Lichtgeschwindigkeit gemacht", sagte Padmé in einem neutralen Ton. Wenn er nicht über diesen Albtraum reden wollte, würde sie ihn nicht dazu zwingen.

„Ich freue mich darauf, Naboo wieder zu sehen. Ich habe jeden Tag daran gedacht, seitdem ich weggegangen bin. Es ist bei weitem der schönste Ort, den ich je gesehen habe." Er sah sie beim Sprechen intensiv an, so als wollte er sie dazu bringen eine verborgene Botschaft seiner Worte zu verstehen.

Padmé rutschte unbehaglich hin und her. Sie wollte nicht, dass er mehr meinte, als er sagte. Und sie wollte bestimmt nicht, dass er Naboo idealisierte ... oder seine Bewohner. Er wäre sicherlich enttäuscht gewesen. „Es ist wahrscheinlich nicht mehr so, wie du es erinnerst", sagte sie. „Die Zeit verändert die Wahrnehmung."

„Manchmal ja", sagte Anakin mit demselben intensiven Blick. „Manchmal zum Positiven."

Mit einem noch größeren Gefühl des Unbehagens sah Padmé zu Boden und nahm einen Schluck Mush. *Zeit, das*

Thema zu wechseln. „Sein Leben den Jedi zu widmen ist sicher nicht einfach", sagte sie. „Nicht an die Orte reisen zu können, die du sehen magst. Oder die Dinge tun zu können, die du tun magst ..." Ihr fiel zu spät ein, dass Anakin ein Sklave gewesen war, als sie sich kennen gelernt hatten. Damals hatte er ja noch weniger Kontrolle über sein Leben gehabt als nun als Jedi-Schüler. Ein Jedi zu sein, musste für ihn mehr Freiheit bedeuten und nicht weniger.

Doch Anakin nickte. „Oder mit denen zusammen zu sein, die ich liebe", sagte er.

„Ist es dir erlaubt, zu lieben?", fragte Padmé. „Ich dachte, das wäre den Jedi untersagt."

„Bindungen sind verboten", sagte Anakin langsam. „Besitz ist verboten. Aber Mitgefühl, was ich als bedingungslose Liebe definieren würde, ist das Wesentlichste im Leben eines Jedi. Man kann also sagen, dass wir zur Liebe ermutigt werden."

War dieser nachdenkliche junge Mann derselbe kleine Anakin, an den sie sich erinnerte? „Du hast dich sehr verändert", sagte sie, ohne vorher nachzudenken.

„Du hast dich überhaupt nicht verändert", sagte Anakin zu ihr. „Du bist genau so, wie ich dich in meinen Träumen erinnere. Ich glaube auch nicht, dass Naboo sich verändert hat."

Er träumt von mir? Sie war sich nicht sicher, ob ihr das gefiel oder ob es sie ängstigte. „Hat es nicht", gab sie zu und wechselte dann erneut und entschlossen das Thema. „Du hast vorhin von deiner Mutter geträumt, oder nicht?"

Anakin wandte den Blick ab. „Ja. Ich habe Tatooine vor so langer Zeit verlassen, dass ich mich gar nicht mehr richtig an sie erinnern kann. Dabei will ich diese Erinnerung nicht verlieren. Und in letzter Zeit sehe ich sie immer wieder in meinen Träumen – lebensechte Träume. Beängstigende Träume." Er sprach leiser weiter. „Ich mache mir Sorgen um sie."

Kein Wunder, dass er lieber von mir träumen würde … und natürlich von Naboo. Padmé sah ihn voll plötzlichen Mitgefühls an. Er senkte den Kopf und aß weiter. *Er macht sich mehr Sorgen, als er zugeben will. Und er ist ein Jedi. Sie wissen manchmal gewisse Dinge.* Ein Schauer der Erinnerung lief ihr über den Rücken, als ihr die große, sanfte Frau wieder in Gedanken erschien, die sie vor langer Zeit auf Tatooine kennen gelernt hatte. Sie wollte glauben, dass ihr seitdem nichts Schlimmes zugestoßen war; aber Shmi Skywalker war eine Sklavin wie einst ihr Sohn und Tatooine barg so viele Gefahren …

KAPITEL 6

Das Jedi-Archiv war schon immer einer von Obi-Wans Lieblingsorten im Tempel der Jedi gewesen. Es war irgendwie friedvoll und geschäftig zugleich. Die Nischen voller Computerkonsolen enthielten mehr Informationen als jedes andere Datencenter in der Galaxis. Zu jeder Tages- und Nachtzeit waren drei oder vier der Konsolen mit Jedi besetzt, die sich über Entwicklungen in der Galaxis informierten oder eine wichtige Information suchten, die ihnen bei ihrer jeweiligen Mission helfen könnte. Heute waren nicht nur mehrere Konsolen belegt, sondern vier oder fünf Jedi saßen an verschiedenen Tischen verteilt im Raum und studierten ausgedruckktes Material aus dem Archiv. Trotz all der Informationen, die die Speicher-Droiden in die Computer eingegeben hatten, mussten manche Dinge noch im Original studiert werden.

Es hätte einfach sein müssen, die Koordinaten von Kamino von den Computern zu bekommen, doch zu Obi-Wans Überraschung gab es keinerlei Einträge über diesen Ort. Nachdem er eine halbe Stunde vergeblich die Datenbanken durchforstet hatte, drückte Obi-Wan einen Knopf, mit dem er einen der Archivare zu Hilfe rufen konnte. Dann stand er auf, streckte sich etwas und begann umherzugehen, wobei er darauf achtete, keinen der anderen Jedi bei der Arbeit zu stören.

In der Nähe des Eingangs blieb er bei einer Reihe von Bronzebüsten stehen. Nach einer Weile wurde ihm klar, dass die Büste direkt vor ihm Count Dooku darstellte. Er betrachtete sie interessiert. Nichts in dem langen, gemeißelten Gesicht mit dem strengen Ausdruck gab einen Hinweis darauf, welchen Weg der Mann gewählt hatte. Der Anführer der Separatisten, der die Republik ohne weiteres in den Bürgerkrieg treiben konnte. Wie konnte ein Jedi – auch wenn er den Orden verlassen hatte – so weit gehen? Und *weshalb* hatte er den Orden verlassen? Es war kurz nach dem Naboo-Krieg geschehen. Obi-Wan war von Coruscant fort und mit seinen neuen Pflichten als frisch ernannter Jedi-Ritter beschäftigt gewesen. Als er nach Coruscant zurückgekehrt war, war Dooku verschwunden. Er hatte niemals erfahren, was geschehen war.

Er hörte ein leises Geräusch und drehte sich um. Jocasta Nu, die Jedi-Archivarin, stand neben ihm. Mit ihren strengen, grauen Haaren und dem schmalen Gesicht machte sie in der Jedi-Robe irrtümlicherweise einen zerbrechlichen Eindruck. Jemand, der sie nicht kannte, würde in ihr nicht mehr sehen als eine Bibliothekarin, die ständig an ihrem Schreibtisch saß. Obi-Wan wusste es besser. Jocasta war in ihrer Jugend eine großartige Jedi-Kriegerin gewesen und obwohl sie die meiste Zeit damit zubrachte, das Archiv zu organisieren und für ihre Jedi-Kollegen zu durchsuchen, ging sie von Zeit zu Zeit noch auf Missionen. „Hattet Ihr um Hilfe gebeten?", fragte sie spitz.

„Ja", sagte Obi-Wan und blickte von der Büste weg. „Ja, das hatte ich."

Jocasta lächelte ihn verständnisvoll an. „Er hat ein ausdrucksstarkes Gesicht, nicht wahr? Er war einer der brillantesten Jedi, die ich jemals kennen lernen durfte."

„Ich habe nie begriffen, weshalb er gegangen ist", sagte Obi-Wan. Jocasta Nu war ebenfalls ein Jedi; sie hatte sich sicher dieselben Fragen gestellt wie er. „Nur zwanzig Jedi haben jemals den Ordern verlassen."

„Die Verlorenen Zwanzig", sagte die Archivarin mit einem Seufzen. „Count Dooku war der letzte von ihnen – und der, bei dem es am meisten schmerzte." Sie machte eine Pause. „Niemand redet gern darüber. Sein Fortgang war ein großer Verlust."

Wenn niemand darüber sprechen wollte, dann gab es nur eine Möglichkeit, es herauszufinden. „Was war passiert?", fragte er geradeheraus.

Jocasta deutete ein Lächeln an, gab aber bereitwillig Auskunft. „Nun, Count Dooku war immer ein wenig uneins mit den Entscheidungen des Rates." Sie sah Obi-Wan auf eine Weise an, die er nicht einordnen konnte. „Ähnlich wie Euer alter Meister Qui-Gon Jinn."

„Wirklich?" Die Vorstellung war überraschend ... und beunruhigend zugleich. *Aber Meister Qui-Gon hätte niemals den Jedi-Orden verlassen. Niemals.*

„Oh ja", sagte die alte Jedi-Ritterin. „Sie waren sich in vielerlei Hinsicht ähnlich. Sehr individuelle Denker. Idealisten ..." Sie sah die Büste an und fuhr – halb zu sich selbst – fort. „Er war immer bestrebt, ein mächtiger Jedi zu werden. Er wollte der Beste sein. Mit dem Lichtschwert, im alten Fechtstil, machte ihm keiner etwas vor. Seine Kenntnis der Macht war ... einzigartig."

Das klingt nach dem kleinen Anakin, dachte Obi-Wan und runzelte die Stirn.

Jocasta seufzte und wandte sich von der Büste ab, so als ertrüge sie den Anblick nicht länger. „Ich glaube, er ging letztendlich deswegen, weil er das Vertrauen in die Republik verlor. Er hatte sehr hohe Erwartungen an die Regierung. Er war neun oder zehn Jahre verschwunden und tauchte erst kürzlich wieder als Anführer der Separatisten-Bewegung auf."

Obi-Wan wartete, doch sie schien nicht weiter erzählen zu wollen. „Interessant", sagte er schließlich. „Ich bin mir nur noch immer nicht sicher, ob ich alles verstehe."

„Nun, ich bin mir sicher, dass Ihr mich nicht für eine Geschichtsstunde gerufen habt", sagte die Archivarin. „Habt Ihr ein Problem, Meister Kenobi?"

Obi-Wan deutet auf den Datenschirm, an dem er gearbeitet hatte. „Ja. Ich suche ein Sternensystem namens Kamino. Es scheint sich nicht in den Beständen des Archivs zu befinden."

„Kamino?", gab Jocasta zurück. „Von diesem System habe ich noch nie gehört. Lasst mich sehen." Sie blickte einen Moment auf den Schirm. „Seid Ihr sicher, dass Ihr die richtigen Koordinaten habt?"

„Meinen Informationen zufolge sollte es irgendwo in diesem Quadranten liegen – gleich südlich des Rishi Maze."

„Keine Koordinaten?" Die Archivarin runzelte die Stirn. „Hört sich an wie eine Wegbeschreibung, die man auf der Straße bekommt – von einem alten Minenarbeiter oder Furbog-Händler."

„Stimmt genau", sagte Obi-Wan mit einem Lächeln und dachte an Dex.

Jocasta sah ihn skeptisch an. „Seid Ihr sicher, dass das System existiert?"

„Absolut."

Sie sah ihn noch einen Augenblick länger an und nickte dann. „Lasst mich einen Gravitations-Scan machen." Ihre Finger flogen über die Tastatur und die Anzeige auf dem Display änderte sich. Sie sah sie einen Augenblick an und zeigte darauf. „Hier gibt es ein paar Unstimmigkeiten. Vielleicht wurde der Planet, den Ihr sucht, zerstört."

Das war möglich, aber – „Müsste das nicht in den Aufzeichnungen zu finden sein?"

„Müsste es eigentlich", gab die Archivarin zu. „Es sei

denn, es war erst kürzlich." Sie sah ihn an und schüttelte den Kopf. „Ich sage es ungern, aber es sieht so aus, als existierte das System nicht, das Ihr sucht."

Obi-Wan dachte an den Giftpfeil in seiner Tasche. „Das ist unmöglich. Vielleicht ist das Archiv unvollständig."

Jocasta richtete sich auf, so als hätte er sie persönlich beleidigt. „Das Archiv ist vollständig und absolut zuverlässig, junger Jedi", stieß sie hervor. „Ihr könnt Euch einer Sache vollkommen sicher sein – wenn etwas in unseren Aufzeichnungen nicht aufgeführt ist, dann existiert es auch nicht."

Das kam Obi-Wan irgendwie bekannt vor. *Wenn ich Euch nicht sagen kann, wo er herkommt, kann es niemand ... wenn etwas in unseren Aufzeichnungen nicht aufgeführt ist, dann existiert es nicht ...* Obi-Wan starrte auf die Karte auf dem Schirm und runzelte plötzlich die Stirn. Gravitations-Anomalien ... *Irgendetwas* war dort gewesen, wo sich laut Dexter das Kamino-System befand, Aufzeichnungen hin oder her.

Obi-Wan schüttelte den Kopf. Nichts von all dem ergab einen Sinn. Gemäß der Jedi-Aufzeichnungen war Padmés mutmaßliche Attentäterin durch einen Giftpfeil von einer nicht existenten Welt getötet worden. Er war sich nicht sicher, was ihn mehr beunruhigte – bei seinen Nachforschungen in eine Sackgasse geraten zu sein oder solch offensichtliche Lücken in den Informationssystemen der Jedi gefunden zu haben. Und ihm standen keine weiteren Quellen mehr zur Verfügung.

Er dankte der Archivarin für ihre Hilfe und kopierte die Karte in ein Datapad, um später darüber nachdenken zu können. Er musste doch *jemanden* kennen, der ihm noch einen anderen Ort nennen würde, an dem er es versuchen konnte.

Naboo war, klang und roch sogar noch besser als in Anakins Erinnerungen. Die rosig-goldfarbenen Türme der Stadt, die Blumen, deren Duft die Luft erfüllte, die ferne Musik der Wasserfälle – nichts hatte sich verändert. Nun ja, es gab es keine Armeen von Kampf-Droiden der Handelsföderation, die sie umbringen wollten, doch das war nur zum Vorteil des Ganzen. Abgesehen von der Kälte war alles geradezu perfekt.

Padmé schien die Rückkehr nach Naboo ebenso zu genießen wie er. Sie bestand darauf, dass sie vom Raumhafen direkt zum Palast gingen, damit sie sich bei der Königin melden konnte. Als das geklärt war, schien sie etwas von ihrer harten, entschlossenen Senatorinnen-Persönlichkeit abgelegt zu haben. Sie kam Anakin eher wie die Padmé vor, die er auf Tatooine kennen gelernt hatte, als er noch klein gewesen war. Bei diesem Gedanken wurde Anakin neugierig auf Padmés Kindheit. „Als du ein kleines Kind warst, hast du da von Politik und Macht geträumt?"

Padmé lachte überrascht und drehte sich zu ihm um. „Nein, das war das Letzte, woran ich gedacht habe." Sie sah nachdenklich aus – voller Erinnerung. „Ich wurde vor allem deshalb gewählt, weil ich davon überzeugt war, dass Reformen möglich waren. Ich war zwar nicht die jüngste Königin, die jemals gewählt wurde, aber wenn ich jetzt daran zurückdenke, bin ich mir nicht sicher, ob ich überhaupt alt genug war." Sie sah zurück zum Palast und ihr Blick blieb an einem polierten Teil des Gebäudes hängen, der neuer als der Rest war. Er hatte die Form einer Blasterschuss-Narbe, die man repariert hatte. „Ich bin mir nicht sicher, ob ich reif genug dafür war", murmelte sie.

„Das Volk, dem du gedient hast, war der Meinung, dass du deine Arbeit gut gemacht hast", sagte Anakin in der Hoffnung, sie etwas aufmuntern zu können. „Ich habe gehört, dass man damals versucht hat, die Verfassung zu ändern, damit du im Amt bleiben konntest."

„Mitbestimmung durch das Volk bedeutet nicht Demokratie, Anakin", sagte Padmé. „Sie gibt dem Volk, was es will, und nicht was es braucht. In Wahrheit war ich erleichtert, als meine zwei Amtsperioden abgelaufen waren – doch die Königin bat mich darum, als Senatorin zu dienen, und das konnte ich ihr nicht verwehren."

„Ich glaube, dass die Republik dich braucht", sagte Anakin voller Überzeugung, als sie die Treppe des Palastes erreichten. „Ich bin froh, dass du dich dafür entschieden hast, diesen Dienst anzutreten."

Padmé lächelte ihn an und sie gingen hinein. Ein Bediensteter brachte sie die Treppe hinauf in den mit Marmor verkleideten Thronsaal. Es war eigenartig, Königin Jamillia mit der königlichen Gesichtsbemalung auf dem Thron zu sehen, wo doch in Anakins Erinnerung Padmé dorthin gehörte. Doch die Dienerinnen in ihren feuerroten Roben waren die gleichen, ebenso wie ein paar Ratgeber der Königin. Anakin erkannte sogar einen von ihnen – Sio Bibble, der während des Krieges auf Naboo geblieben war.

Die Königin begrüßte Padmé wie eine alte Freundin. „Wir haben uns Sorgen um Euch gemacht", sagte sie, als sie Padmés Hand nahm. „Wir sind so froh, dass Ihr in Sicherheit seid."

„Ich danke Euch, Euer Hoheit", gab Padmé zurück. „Ich wünschte nur, ich hätte Euch besser dienen können, indem ich für die Abstimmung auf Coruscant geblieben wäre."

„Angesichts der Umstände, Senatorin, war es die einzige Entscheidung, die Ihre Hoheit treffen konnte", sagte Sio Bibble streng.

„Wie viele Systeme haben sich Count Dooku und den Separatisten angeschlossen?", fragte die Königin.

„Tausende", sagte Padmé. „Und jeden Tag verlassen noch mehr die Republik. Wenn der Senat für die Mobilmachung stimmt, dann wird uns das sicher in einen Bürgerkrieg stürzen."

Anakin ließ seine Aufmerksamkeit abschweifen, als die beiden Frauen über die Möglichkeit eines Krieges diskutierten, über die Reaktionen der Bürokraten und welche Position die Handelsföderation in einem möglichen Konflikt wohl einnehmen würde. Er hatte nie begriffen, was

Padmé an Politik so interessant fand. Seine Aufmerksamkeit kehrte schlagartig wieder zu der Unterhaltung zurück, als er hörte, wie Padmé sagte: „Es gibt Gerüchte, Euer Hoheit, dass die Armee der Handelsföderation nicht wie angewiesen verkleinert wurde."

Die Königin sah sie gleichermaßen überrascht und skeptisch an. Anakin konnte es ihr nicht verdenken. Nach allem, was sie auf Naboo angerichtet hatten, war es für die Handelsförderation unmöglich, ihre riesigen Armeen aus Kampf-Droiden zu behalten. Doch Anakin ging davon aus, dass Padmé Recht hatte und er fragte sich, weshalb die Jedi diesen Gerüchten nicht nachgegangen waren. Er erinnerte sich nur allzu gut an den Naboo-Krieg und der Gedanke, dass die Handelsföderation sich vielleicht dieser wohlverdienten Strafe entzogen hatte, machte ihn wütend.

„Wir müssen unseren Glauben an die Republik aufrecht erhalten", sagte Königin Jamillia streng. „An dem Tag, an dem wir nicht mehr an die Demokratie glauben, werden wir sie verlieren."

„Lasst uns beten, dass dieser Tag niemals kommen wird", murmelte Padmé.

„In der Zwischenzeit müssen wir über Eure Sicherheit nachdenken", fuhr die Königin fort. Anakin spannte sich an und fragte sich, ob sie diese Maßnahmen vor all ihren Begleitern besprechen wollte, doch Sio Bibble nickte und der Rest der Hofgesellschaft ging davon. Als nur noch er und die Königin anwesend waren, sah er Anakin an und fragte: „Was würdet Ihr vorschlagen, Jedi-Meister?"

Anakin öffnete den Mund, doch Padmé ergriff vor ihm das Wort. „Oh, Anakin ist noch kein Jedi. Er ist noch ein Padawan-Schüler. Ich dachte mir ..."

„Augenblick bitte", sagte Anakin nachdenklich. *Ein Padawan ist immer noch ein Mitglied des Jedi-Ordens, und dies ist meine Aufgabe!* Außerdem hätte sie es gar nicht erwähnen müssen. Sein Padawan-Zopf war deutlich zu sehen. Sio Bibble musste ihn doch bemerkt und seine Bedeutung erkannt haben.

„Entschuldige bitte!", sagte Padmé steif über die Schulter und wandte sich wieder an die Königin. „Ich dachte, wir könnten im Land der Seen bleiben. Dort oben gibt es ein paar sehr abgeschiedene Orte."

Sie hat kein Recht, mich so abzufertigen!, dachte Anakin wütend. „Entschuldigt mich", sagte er kalt. „Ich bin hier für die Sicherheit zuständig, Mylady."

Padmé drehte sich um. „Annie", sagte sie absichtlich, „mein Leben steht auf dem Spiel und dies ist meine Heimat. Ich kenne mich hier sehr gut aus. Deswegen sind wir hier. Ich hielte es für klug, wenn du dir in diesem Fall meine Kenntnisse zunutze machen würdest."

Das ist nicht das Problem und du weißt es! Anakin stieß die Worte beinahe hervor, doch als er die Königin und Sio Bibble amüsierte Blicke austauschen sah, riss er sich zusammen. Padmé versuchte, ihn aus der Fassung zu bringen. Sie hatte ihn wieder Annie genannt, hatte den Kleinjungen-Namen benutzt, den er mehr und mehr hasste. Aber er konnte nicht ihr Leben aufs Spiel setzen, nur weil sie ihn aus der Fassung bringen wollte. Er holte tief Luft und murmelte: „Verzeiht, Mylady."

„Vorzüglich", sagte die Königin. „Damit wäre dies geklärt." Sie erhob sich und sah Padmé an. „Ich hatte gestern eine Audienz mit Eurem Vater. Er hofft, dass Ihr vor Eurem Aufbruch Eure Mutter besucht. Eure Familie macht sich große Sorgen."

Das kam unerwartet, hörte sich aber nicht wie ein Sicherheitsproblem an. Padmés Familie – Anakin hatte noch nie einen Gedanken daran verschwendet, was für eine Familie Padmé eigentlich haben könnte. Er schaute sie an und war überrascht, einen Ausdruck des Mitgefühls auf ihrem Gesicht zu sehen. Worüber machte sie sich Sorgen? Vielleicht hatte sie Angst, dass sie ihm etwas über ihre Kindheitsstreiche erzählen würden. Er grinste plötzlich. Es war gut, wenn er etwas Munition für das nächste Mal hatte, wenn sie ihn Annie nennen würde. Noch immer grinsend folgte er ihr aus dem Thronsaal.

Yoda sah hinaus in die Trainingshalle und beobachtete die Klasse der Vierjährigen bei ihren Übungen. Die Macht war stark in all diesen Wesen der verschiedensten Rassen und es war ein Vergnügen, sie zu unterrichten. Jedes Kind hielt ein Miniatur-Lichtschwert mit niedriger Energieeinstellung in der Hand und trug einen Helm, der ihm die Sicht nahm, sodass sie sich allein auf die Macht verlassen mussten, um die kleinen Droiden zu treffen, die um sie herum tanzten. Die intensive Konzentration von so vielen jungen Geistern ließ Yoda beinahe sein Jahrhunderte wiegendes Alter vergessen.

„Denke nicht", sagte er, als er bei einer der kleinen Gestalten ein Zögern spürte. „Fühle. Wie eins sei mit der Macht. Dir helfen sie wird."

Das kleine Mädchen entspannte sich und ihr nächster Hieb traf den Trainings-Droiden. Yoda lächelte. Dann sah er noch eine Bewegung auf der anderen Seite der Halle. Obi-Wan Kenobi kam durch die Tür und obwohl er angesichts der trainierenden Kinder lächelte, spürte Yoda, dass er mit seinen Gedanken woanders war. „Genug, Jünglinge", rief Yoda. „Einen Besucher wir haben. Willkommen ihn heißt."

Als die Kinder ihre Lichtschwerter abschalteten, kam Yoda etwas nach vorn. „Meister Obi-Wan Kenobi, ich stelle Euch vor den mächtigen Bären-Clan", sagte er und nickte in Richtung der Kinder.

„Hallo, Meister Obi-Wan!", sagten die Kinder im Chor.

Obi-Wan nickte zur Begrüßung, wandte sich aber gleich an Yoda. „Bitte entschuldigt die Störung, Meister", sagte er.

„Wie von Hilfe sein kann ich?", gab Yoda zurück.

„Ich suche nach einem Planeten, der mir von einem alten Freund beschrieben wurde. Ich vertraue ihm, aber das System ist nicht in den Karten des Archivs verzeichnet."

Es war klar und deutlich, was Obi-Wan damit meinte, doch es bestand kein Grund, die Kinder deswegen aufzuregen. Doch das Ganze war eine hervorragende Trainingsaufgabe. Yoda richtete seine Ohren auf. „Einen Planeten verloren, Meister Obi-Wan hat", sagte er ruhig. „Wie peinlich. Wie ... peinlich." Eines der Kinder kicherte kurz. Yoda tat so, als hätte er es nicht gehört. „Liam, verdunkeln. Ein interessantes Rätsel." Er ging zu Obi-Wan und winkte mit dem Stock zu seiner Klasse. „Kommt zusammen, Jünglinge, um den Kartenleser. Befreit euren Geist und finden Obi-Wans launenhaften Planeten wir werden. Bobby, die Lichter bitte."

Die Kinder versammelten sich gehorsam um die Säule des Kartenlesers, als sich der Raum verdunkelte. Diese Klasse hatte das Gerät noch nie in Betrieb gesehen und so gab es ein paar überraschte Rufe, als Obi-Wan eine kleine Glaskugel hervorholte – die tragbare Aufzeichnung der Karte – und sie in die hohle Oberseite der Säule legte. Die Überraschung wandelte sich in begeistertes Lachen, als ein dreidimensionales Hologramm der Galaxis erschien und einen großen Teil des Raumes einnahm. Sterne verschiedener Helligkeitsgrade schienen in dem Unterrichtssaal zu schweben und ein paar der Kinder versuchten sie zu fangen.

Obi-Wan ging in das Hologramm und blieb stehen. „Er

müsste irgendwo hier sein – aber da ist er nicht. Gravitation zieht alle Sterne in dieser Gegend an diesen Punkt. Hier müsste ein Stern sein ..., aber es ist keiner da."

„Sehr interessant", sagte Yoda. „Der Umriss der Gravitation verbleibt, aber der Stern und all die Planeten – verschwunden sie sind. Wie kann das sein?" Er wandte sich wieder zu seiner Klasse. „Nun, Jünglinge, was ist das Erste, was ihr seht in euren Gedanken? Eine Antwort? Eine Idee jemand hat?"

Einen Moment war es still. Dann hob ein Junge die Hand. Yoda nickte und das Kind sagte: „Meister? Weil ihn jemand aus dem Speicher des Archivs gelöscht hat."

„Ja!", riefen die anderen Kinder fröhlich. „Das ist es. Jemand hat es gelöscht."

Obi-Wan starrte die Kinder an. Ein kleines, ernst aussehendes Mädchen schaute ihn an und erklärte: „Wenn der Planet explodiert wäre, wäre auch die Gravitation weg."

Yoda kicherte sowohl wegen Obi-Wans Gesichtsausdruck als auch aufgrund der guten Leistung seiner Schüler. „Wahrlich wunderbar der Verstand eines Kindes ist. Der Padawan Recht hat. Zum Zentrum der Gravitation gehe und finden deinen Planeten du wirst."

Noch immer überrascht, nahm Obi-Wan seine Karte wieder an sich. „Aber Meister Yoda", sagte er, als er sich zum Gehen wandte. „Wer könnte Informationen aus dem Archiv entfernen? Das ist doch unmöglich, oder etwa nicht?"

Stark die Macht ist bei diesem. Er sieht mehr als nur seine eigene Schwierigkeiten. Yoda runzelte die Stirn, doch er konnte jemandem, der die richtige Frage gestellt hatte, nicht die Antwort vorenthalten. „Sehr gefährlich und beunruhigend dieses Rätsel ist", gab er zu. „Nur ein Jedi könnte gelöscht haben diese Einträge." Er spürte Obi-Wans überraschte Besorgnis und nickte. „Aber wer und warum? Schwerer zu beantworten dies ist. Meditieren darüber ich werde. Möge die Macht mit dir sein."

Obi-Wan erwiderte diesen Wunsch mit mehr Ernsthaftigkeit in der Stimme, als es üblich war – sogar für einen Jedi. Als er wieder zu seiner Klasse ging, nickte Yoda. *Möge die Macht mit uns allen sein.*

KAPITEL 7

Obi-Wan prüfte seinen Raumjäger noch ein letztes Mal. Der R4-Droide drehte sich in seinem Sockel auf dem kleinen, rot-weißen Raumfahrzeug und alles schien in Ordnung zu sein.

Neben ihm sah Meister Mace Windu zu. Sein dunkles Gesicht trug ernste Züge. „Sei vorsichtig", sagte er, als Obi-Wan fertig war. „Die Erschütterung der Macht wird immer stärker."

Obi-Wan nickte. Jeder Jedi konnte es jetzt spüren und er hatte gehört, dass sogar manche Schüler es fühlten.

Mehr denn je machte er sich Sorgen um Anakin und Padmé. *Es ist mir gleichgültig, wie sicher sich der Rat ist. Wir hätten ihm diesen Auftrag nicht geben sollen. Er fühlt sich zu sehr zu ihr hingezogen.* Meister Windu sah ihn an, als wollte er ihn fragen, ob etwas nicht in Ordnung wäre. Obi-Wan seufzte. „Ich fürchte, Anakin wird nicht in der Lage sein, die Senatorin zu beschützen", sagte er.

Mace Windu grübelte einen Moment lang. „Weshalb nicht?", fragte er ruhig.

„Er fühlt sich ihr ... emotional verbunden", gab Obi-Wan zurück. „Diese Bindung existiert schon, seitdem er ein kleiner Junge ist. Jetzt ist er verwirrt, abgelenkt ..."

„Obi-Wan, du musst darauf vertrauen, dass er den richtigen Weg einschlägt", unterbrach Meister Windu Obi-Wans Erklärungen.

Obi-Wan nickte. Dennoch fragte er sich, ob Mace Windu wirklich verstand, was er zu sagen versuchte. Vielleicht sollte er Meister Yoda eine Nachricht hinterlassen. Nein, Meister Windu würde es ihm sicher sagen und sie konnten im Augenblick ohnehin nichts unternehmen. *Anakin muss selbst damit fertig werden.* Er stieg in den Raumjäger und drückte auf den Knopf, der das Cockpit schloss.

„Möge die Macht mit dir sein", sagte Mace Windu, als sich die durchsichtige Haube schloss.

Der Planet Kamino war exakt dort, wo er hätte sein sollen. Obi-Wan runzelte die Stirn und murmelte etwas zu R4, als er seinen Raumjäger auf den Planeten lenkte. Trotz Meister Yodas Worten hatte er nicht daran glauben wollen, dass sich jemand an den Datenbanken des Jedi-Archivs zu schaffen gemacht hatte. Aber offensichtlich hatte es jemand getan. *Aber wer? Und was haben sie sonst noch gelöscht?* Er schüttelte den Kopf und verbannte die Fragen aus seinen Gedanken. Das war jetzt Meister Yodas Problem. Seine Aufgabe war es, den mysteriösen Kopfgeldjäger in der silberfarbenen Panzerung mit dem Jetpack aufzuspüren.

Seine Anfrage um Landeerlaubnis wurde von einer Kaminoanerin beantwortet, die sich als Taun We vorstellte. „Ihr werdet vielleicht in Tipoca City landen wollen", sagte sie. „Auf der Südseite gibt es eine offene Landeplattform. Ich übermittle die Koordinaten."

Obi-Wan ließ sich mit der Landung Zeit. Die Sonne von Kamino war ein heißer Stern und der größte Teil seiner Oberfläche war von Wasser bedeckt. Diese Kombination hatte zur Folge, dass der Planet ständig von Wolken umhüllt war und es viel regnete. *Gutes Wetter bedeutet hier wahrscheinlich, dass es nicht blitzt und der Wind den Regen nicht in die Waagerechte pustet,* dachte Obi-Wan, als er mit seinen Kontrollen kämpfte. Als das Schiff endlich am Boden war, zog er seinen Mantel über und lief durch die Dunkelheit und den peitschenden Regen zur anderen Seite der Landeplattform. Als er näher kam, öffnete sich eine Tür. Er ging dankbar hinein.

Der Lärm des Sturmes riss abrupt ab, als sich die Tür hinter ihm schloss. Die Innenwände des Towers leuchteten in einem hellen Weiß und tauchten die Halle in ein kühles, schattenloses Gleißen. Das plötzliche Licht ließ Obi-Wan blinzeln. Einen Moment sah er nichts mehr.

„Seid willkommen, Jedi-Meister", sagte eine leise Stimme.

Obi-Wan warf seine durchnässte Kapuze zurück, wischte sich den Regen aus dem Gesicht und sah, dass Taun We auf ihn wartete. Die kurze Absprache via Bildschirm hatte ihm schon ihre großen, mandelförmigen Augen und ihre schneeweiße Haut gezeigt, doch ihm war nicht klar gewesen, wie groß und dünn sie war. Noch überraschender war ihre aufrichtige Freude, die er spüren konnte, als sie fortfuhr: „Der Premierminister erwartet Euch."

„Ich werde erwartet?" Hatte jemand diese Leute auf sein Kommen vorbereitet? Weshalb?

„Natürlich!", gab sie begeistert zurück. „Er möchte Euch unbedingt sehen. Wir dachten nach all den Jahren gar nicht mehr, dass Ihr noch kommen würdet. Hier entlang bitte!"

Das ist äußerst merkwürdig, dachte Obi-Wan auf dem Weg durch die Korridore der Stadt. Er spürte allerdings keine Furcht oder Ablehnung, weder bei seiner Führerin noch bei den Wesen, die an ihnen vorbeigingen. Die Kaminoanerin führte ihn durch ein gewaltiges Labyrinth aus Korridoren geradewegs in ein großes Büro. Der Raum hatte keine Fenster, sie wären aber auch überflüssig gewesen. Die Wände leuchteten im gleichen kühlen Licht wie die Korridore. Als sie hineingingen, erhob sich ein Kaminoaner höflich von seinem Stuhl hinter einem breiten Tisch aus Glas und Metall. Taun We stellte ihn als Lama Su, den Premierminister, vor.

„Ich hoffe, Ihr werdet Euren Aufenthalt genießen", sagte Lama Su, als die Höflichkeiten ausgetauscht worden waren. „Wir sind sehr froh, dass Ihr zur angenehmsten Jahreszeit gekommen seid."

Das nennen sie gutes Wetter? Aber im gleichen Moment fiel ihm wieder Dexters Kommentar zu den guten Manieren ein und er nickte lächelnd. „Ihr gebt mir das Gefühl, überaus willkommen zu sein."

„Ihr werdet erfreut sein zu hören, dass wir im Zeitplan liegen", fuhr Lama Su fort. „Zweihunderttausend Einheiten sind schon fertig und eine weitere Million befindet sich in der Fertigung."

Zweihunderttausend ... Einheiten? Wovon? „Das freut mich zu hören", sagte Obi-Wan vorsichtig.

„Bitte richtet Eurem Meister Sifo-Dyas aus, dass wir sicher sind, seine Bestellung in voller Höhe und rechtzeitig liefern zu können. Ich hoffe doch, dass es ihm gut geht?"

Obi-Wan blinzelte. „Äh, entschuldigt bitte – Meister ...?"

„Jedi-Meister Sifo-Dyas." Lama Su reckte den Hals etwas. „Er ist doch immer noch ein führendes Mitglied des Jedi-Rates, oder etwa nicht?"

„Der Jedi-Meister Sifo-Dyas kam leider vor über zehn Jahren ums Leben", sagte Obi-Wan langsam. *Es waren sogar eher elf oder zwölf Jahre, glaube ich – aber ich könnte mich auch irren. Das muss ich später mit Yoda klären.*

„Oh, ich bin sehr betrübt, das zu hören." Lama Su klang aufrichtig und Obi-Wan spürte keinerlei Falschheit in seiner Aussage. „Aber ich bin mir sicher, er wäre stolz auf die Armee, die wir für ihn geschaffen haben."

Eine Armee? Dexter hatte gesagt, dass die Kaminoaner Kloner waren. *Eine Million Einheiten,* dachte Obi-Wan wie betäubt. *Eine Armee aus einer Million Soldaten. Das ist genug, um die ganze Republik zu erobern.* Er schluckte schwer und dachte einen Moment darüber nach, wie er wohl seine nächste Frage am besten formulieren konnte. „Premierminister", sagte er schließlich, „als Euch mein Meister seinerzeit den Auftrag für diese Armee erteilte, hat er da auch gesagt, für wen sie wäre?"

„Selbstverständlich", gab Lana Su in einem beruhigenden Ton zurück. „Diese Armee ist für die Republik."

Für die Republik? Obi-Wan fiel es schwer, sich einen Reim auf das Gehörte zu machen. Sifo-Dyas hatte diese Armee vor über zehn Jahren bestellt – das musste kurz nach dem Naboo-Krieg gewesen sein. Er war ein sehr mächtiger Jedi gewesen. Hatte er schon damals die Notwendigkeit vorausgesehen?

Lama Su stand auf und fuhr fort. „Ihr könnt es sicher gar nicht erwarten, die Einheiten persönlich zu inspizieren."

Er hat keine Ahnung, wie Recht er hat, dachte Obi-Wan. „Genau darum bin ich hier", sagte er laut.

Nach einem kurzen Besuch bei ihrer Familie eskortierte Anakin Padmé zum Land der Seen. Der kleine Landsitz, den Padmé für ihren Aufenthalt ausgesucht hatte, war ebenso schön wie alles andere auf Naboo und genau so abgeschieden wie sie es versprochen hatte. Die Insel, auf der das Anwesen stand, war eine von vielen grün leuchtenden Eilanden inmitten eines schimmernden blauen Sees am Fuße einer Bergkette. Der Aufseher fuhr sie in einem Wassergleiter zur Insel, was Anakin genügend Zeit gab, sie sich genau anzusehen. Nach ein paar Sekunden war ihm klar, dass jeder, der sich dem Anwesen nähern würde, schon von weitem zu sehen sein würde. Also entspannte Anakin sich und genoss die Aussicht.

Das Anwesen selbst kam Anakin groß vor, obwohl es verglichen mit den Palästen, die die Straßen der Hauptstadt säumten, eher klein war. Er blieb auf einer der Terrassen vor dem Haus stehen und lehnte sich an eine kunstvoll gearbeitete Marmor-Ballustrade, die die Terrasse von dem Blumengarten kurz dahinter trennte. Padmé kam zu ihm und er hatte keine Mühe, seine Aufmerksamkeit von den fernen Bergen der jungen Frau neben ihm zuzuwenden.

„Ich liebe das Wasser", sagte Padmé verträumt.

„Ich auch", gab Anakin zurück und sah zu ihr hinunter. „Das liegt wahrscheinlich daran, dass ich auf einem Wüstenplaneten aufgewachsen bin."

Padmé sah ihn von der Seite an und ließ dann den Blick einmal mehr sinken. „Wir haben uns immer in den Sand gelegt, uns von der Sonne trocknen lassen und versucht, die Vögel am Gesang zu erkennen."

„Ich mag keinen Sand. Er ist kratzig, rau und störend, kriecht überall hinein. Nicht so wie hier. Hier ist alles ganz weich ... und eben." Ohne nachzudenken berührte er ihren Arm.

Padmé sah ihn noch einmal nervös an und deutete dann

in Richtung des Sees, wobei sie wie zufällig ihren Arm wegzog. „Auf der Insel dort lebte ein sehr alter Mann", sagte sie. „Er konnte Glas aus Sand herstellen. Und aus dem Glas machte er dann Vasen und Halsketten." Sie lächelte und sah zu ihm hoch, als wollte sie ihre Erinnerungen mit ihm teilen. „Sie waren magisch."

„Alles hier ist magisch", sagte Anakin und sah ihr tief in die Augen. Sie hatte die schönsten braunen Augen, die er jemals gesehen hatte …

„Man konnte das Wasser in dem Glas sehen. Wie es kleine Wellen schlägt und sich bewegt", fuhr Padmé fort. Sie senkte wieder den Blick. „Es sah so echt aus …, doch es war nicht echt."

„Manchmal wird etwas wahr, wenn man nur daran glaubt."

„Ich habe damals geglaubt, dass man sich selbst vergessen konnte, wenn man nur lange genug in das Glas schaute", sagte Padmé leise. Doch sie schien nicht mehr über das Glas zu reden.

„Ich glaube, das ist wahr", sagte Anakin. Er war von einem Gefühl der Wärme erfüllt und konnte seinen Blick nicht von Padmé abwenden. Er *wollte* gar nicht wegsehen. Er wollte hier bei ihr sein. Für immer. Er beugte sich vor und küsste sie.

Zunächst wehrte sie sich nicht. Doch dann riss sie sich plötzlich los. Die abrupte Bewegung brachte auch Anakin wieder zur Vernunft und er ließ sie los.

„Ich hätte das nicht tun dürfen", sagte Padmé.

„Es tut mir Leid", gab Anakin zurück. Es tat ihm zwar nicht Leid, dass er sie geküsst hatte, seine Lippen kribbelten noch immer von der Berührung. Aber es tat ihm Leid, dass er sie so aufgewühlt hatte. „Wenn ich in deiner Nähe bin, bin ich nicht mehr Herr über meinen Verstand."

„Es ist die Situation", sagte Padmé, wobei sie bemüht war, ihn nicht anzusehen. „Der Stress ..."

„Die Aussicht", sagte Anakin sanft und ließ seinen Blick über die weiche Kontur ihres Halses schweifen. Doch Padmé hatte noch immer den Kopf abgewandt und sah es nicht.

Lama Su und Taun We begannen Obi-Wans Besichtigungstour im Verfielfältigungsbereich, wo Reihen über Reihen von Embryos in Glaskugeln heranwuchsen, die mit einer Flüssigkeit gefüllt waren. „Sehr beeindruckend", sagte Obi-Wan.

„Ich hatte gehofft, dass Ihr zufrieden sein würdet", gab Lama Su lächelnd zurück. „Klone *können* kreativ denken. Ihr werdet feststellen, dass sie Droiden bei weitem überlegen sind."

Ihr stellt sie vielleicht her, aber sie sind trotz allem Menschen und keine Droiden. Obi-Wan spürte die lebendige Macht in jedem der Klone, so wie in jedem anderen Lebewesen. Er ließ sich aber nichts anmerken, als sie in ein Klassenzimmer kamen, in dem Jungen von vielleicht zehn Jahren saßen. Doch diese Jungen hatten alle das gleiche schwarze, lockige Haar und vollkommen identische Gesichter.

„Ihr erwähntet vorhin etwas über Wachstumsbeschleunigung", sagte Obi-Wan wie nebenbei.

„Oh, ja", gab Lama Su ernsthaft zurück. „Das ist unabdingbar. Andernfalls würde es ein Menschenleben dauern, bis ein Klon erwachsen ist. So schaffen wir es in der halben Zeit."

Obi-Wan starrte die Jungen an. „Die hier?"

„Wir haben vor ungefähr fünf Jahren begonnen", gab Lama Su zurück, offensichtlich erfreut angesichts von Obi-Wans Überraschung.

Ihr nächster Halt war in einem Speisesaal. Hunderte von identischen jungen Männern saßen an langen Tischen. Wieder sah Obi-Wan dasselbe dunkle Haar und dieselben markanten Gesichtszüge. Sie hatten sogar alle denselben Gesichtsausdruck.

„Ihr werdet feststellen, dass sie absolut gehorsam sind und alle Befehle befolgen, ohne sie in Frage zu stellen", sagte Lama Su. „Wir haben ihre genetische Struktur modifiziert, um sie weniger unabhängig zu machen als ihren ursprünglichen Zellspender."

„Und wer war der ursprüngliche Zellspender?", fragte Obi-Wan in der Hoffnung, es würde ungezwungen klingen.

„Ein Kopfgeldjäger namens Jango Fett", gab Lama Su bereitwillig Auskunft. „Wir fanden, dass ein Jedi die perfekte Wahl gewesen wäre, doch Sifo-Dyas suchte Jango Fett höchstpersönlich aus."

Ein Kopfgeldjäger! Obi-Wan ließ sich nichts anmerken. „Wo ist der Kopfgeldjäger jetzt?"

„Er lebt hier, kann aber kommen und gehen, wann immer er will", gab Lama Su zurück. Er winkte Obi-Wan in die Schlafräume und setzte seine Ausführungen fort. „Abgesehen von seiner Bezahlung – die beträchtlich ist – verlangte Fett nur eine Sache: einen unveränderten Klon für sich selbst. Eine exakte genetische Replikation. Ohne Manipulation an der Struktur zur Steigerung der Gefügsamkeit und ohne Wachstumsbeschleunigung. Bemerkenswert, nicht?"

„Ich würde diesen Jango Fett gern einmal kennen lernen", sagte Obi-Wan. *Das würde ich wirklich sehr, sehr gern.*

„Es wäre mir ein Vergnügen, das für Euch zu arrangieren", sagte Tun We.

Ihr letzter Halt, so sagte Lama Su, würde das Trainingsfeld sein. Obi-Wan folgte ihm auf einen Balkon. Tausende von Männern in identischer weißer Körperpanzerung trainierten unten auf einem Hof. *Er sagte, es wäre eine Armee,* dachte Obi-Wan benommen.

„Sie sind doch phantastisch, nicht wahr?", fragte Lama Su stolz.

Obi-Wan nickte langsam. In ihm verbreitete sich eine unglaubliche Kälte. *Man kann mit einer Armee nur eines tun: Krieg führen.* Aber Jedi ziehen nicht in den Krieg. Sie arbeiteten daran, den Frieden und die Gesetze der Republik ohne Kampf aufrecht zu erhalten. Obi-Wan starrte auf die endlosen Reihen aus Klonen hinab, die vorbeimarschierten. Er wünschte, Sifo-Dyas wäre noch am Leben, um ihm dies erklären zu können.

KAPITEL 8

Wie versprochen arrangierte Taun We ein Treffen zwischen Obi-Wan und Jango Fett, als die Führung durch die Klon-Fabriken zu Ende war. Sie begleitete ihn selbst dorthin. Obi-Wan prägte sich sorgsam den Weg durch die Korridore ein und nahm noch sorgfältiger das Schloss von Jango Fetts Apartmenttür in Augenschein, als sie dort ankamen.

Ein vielleicht zehn Jahre alter Junge öffnete die Tür und Obi-Wan blinzelte unwillkürlich voller Überraschung. Der Junge hatte dieselben dunklen Locken und dieselben markanten Gesichtszüge wie die jungen Klone, die er in der Schule gesehen hatte, doch sein Gesichtsausdruck war irgendwie aufmerksamer, bewusster. *Das muss Jango Fetts unmodifizierter Klon sein,* dachte Obi-Wan.

„Boba, ist dein Vater Zuhause?“, fragte Taun We. Der Junge betrachtete die beiden einen Moment und nickte dann langsam. „Dürfen wir ihn sprechen?“

„Klar“, sagte Boba regungslos. Als er zur Seite ging und sie hinein ließ, überkam Obi-Wan das Gefühl, als hätte er knapp eine versteckte Prüfung bestanden.

Sie traten in einen einfachen Wohnbereich, der Obi-Wan vor allem wegen seiner Schlichtheit beeindruckte. Doch als er näher hinsah, wurde ihm klar, dass der Raum nicht nur aufgeräumt, sondern auch mit viel Bedacht eingerichtet war. Obwohl Jango Fett hier seit mindestens zehn Jahren leben musste, sah Obi-Wan nur wenige persönliche Dinge. *Er ist ein Kopfgeldjäger. Er weiß nie, wer gerade hinter ihm her ist, oder wann er eilig aufbrechen muss.*

„Dad!", rief Boba. „Taun We ist hier."

Aus dem Nebenzimmer kam ein Mann herein. Obwohl sein Äußeres sofort den Klonen zuzuordnen war, sah er älter aus als die ältesten von ihnen – Obi-Wans Schätzung nach war er vielleicht Mitte dreißig – und bewegte sich mit einer Sicherheit, die die Klone nicht ausstrahlten. Über eine Seite seines Gesichts lief eine Narbe, doch auch ohne sie hätte er einen harten und rauen Eindruck gemacht. Er nickte Taun We zu und sah Obi-Wan misstrauisch an.

„Willkommen zurück, Jango", sagte Taun We. „War Eure Reise erfolgreich?"

„Ziemlich", sagte Jango, ohne den Blick von Obi-Wan zu wenden.

„Das ist Jedi-Meister Obi-Wan Kenobi", fuhr Taun We fort. „Er ist hier, um den Fortschritt unserer Arbeit zu begutachten."

„Ist das so?" Jango blickte skeptisch drein und sein Ton war eher kühl.

Obi-Wan lächelte entwaffnend. „Eure Klone sind sehr beeindruckend. Ihr müsst sehr stolz sein."

„Ich bin nur ein einfacher Mann, der versucht, seinen Weg in diesem Universum zu gehen, Jedi-Meister", gab Jango zurück.

„Tun wir das nicht alle?", fragte Obi-Wan.

Durch die halb offene Tür hinter Jango sah Obi-Wan eine Körperpanzerung auf dem Boden liegen. Doch bevor er sie genauer betrachten konnte, bewegte sich Jango so zur Seite, dass er ihm den Blick verstellte. „Hat Euch dieser Weg auch schon einmal nach Coruscant geführt?", fragte Obi-Wan. Er bewegte sich leicht nach rechts in der Hoffnung, wieder einen besseren Blick zu bekommen.

Jango folgte erneut der Bewegung und verbarg die Tür hinter sich. „Ein oder zwei Mal."

„Kürzlich?"

„Möglicherweise."

„Dann müsste Euch Meister Sifo-Dyas bekannt sein", sagte Obi-Wan.

„Boba, mach die Tür zu", sagte Jango zu dem Jungen. Er lächelte Obi-Wan steif an, als der Junge tat, was er ihm befohlen hatte. Dann fragte er: „Meister wer?"

„Sifo-Dyas", wiederholte Obi-Wan. „Ist er nicht der Jedi, der Euch für diese Arbeit angeheuert hat?"

„Ich habe noch nie von ihm gehört", erklärte Jango. „Ich wurde von einem Mann namens Tyranus auf einem der Monde von Bogden rekrutiert."

„Sifo-Dyas teilte uns mit, dass Jango Fett kommen würde", sagte Taun We zu Obi-Wan. „Und er kam genau zu dem Zeitpunkt, zu dem Eurer Jedi-Meister ihn angekündigt hatte. Wir hielten die Beteiligung der Jedi bis zu Eurem Eintreffen geheim, wie es Euer Meister angeordnet hat."

Eigenartig, dachte Obi-Wan.

„Gefällt Euch die Armee?", fragte Jango mit deutlich hörbarem Spott.

„Ich bin gespannt, sie in Aktion zu sehen", gab Obi-Wan vorsichtig zurück.

Jetzt grinste der Kopfgeldjäger böse. „Sie werden ihre Arbeit gut machen", sagte er. „Dafür garantiere ich."

Und was glaubst du, was für eine Arbeit das sein wird? Doch diese Frage würde den Kopfgeldjäger nur noch mehr zur Vorsicht mahnen, also nickte Obi-Wan nur. „Vielen Dank für Eure Zeit, Jango", sagte er freundlich.

„Es ist mir immer ein Vergnügen, einem Jedi zu begegnen", gab Jango zurück.

Obi-Wan fragte sich, ob er sich den Sarkasmus in Jangos Worten eingebildet hatte und ging zusammen mit Taun We. Er verabschiedete sich von Lama Su und ließ sich von den Kaminoanern zu der Plattform zurückführen, auf der er seinen Raumjäger geparkt hatte. Der Wind und der Regen waren jetzt sogar noch heftiger als er es in Erinnerung hatte, doch er zog seinen Mantel enger und gab vor, an etwas zu hantieren, bis er spürte, dass die Kaminoaner drinnen im Tower gegangen waren. Als er sicher war, dass ihn niemand beobachtete, gab er R4 ein Signal. Er musste sofort eine Nachricht an Meister Yoda und Meister Windu schicken. Sie mussten über seine Entdeckung informiert werden und er brauchte ihre Anweisungen. Die Situation war viel zu komplex, als dass er jetzt einen falschen Schritt riskieren konnte.

Obwohl Padmé entschlossen war, Anakins Kuss zu vergessen, gelang es ihr nicht. Die Erinnerung kam immer wieder zurück, wenn Anakin sie ansah – und manchmal sogar, wenn er es nicht tat. Eigentlich, so dachte sie, sollte sie erbost sein.

Doch sie konnte nicht böse sein, wenn Anakin in einer solch unglaublich guten Stimmung war. Er neckte sie und machte so lange Scherze mit ihr, bis sie nicht mehr über Politik sprach. Er jonglierte mit Früchten, wobei er ein Stück nach dem Anderen dazunahm, bis es so viele waren, dass sie ihm auf den Kopf fielen. Er brachte sie wieder und wieder zum Lachen und lachte mit ihr.

Es tat gut, jemanden zu haben, mit dem man lachen konnte. Doch am Abend, als Padmé und Anakin zusammen am Kamin des Anwesens vor einem riesigen Feuer saßen, fragte Padmé sich, ob es überhaupt eine gute Idee gewesen war, zu diesem Landsitz zu kommen. *Es war eine gute Idee,* sagte sie sich zum hundertsten Mal. Abgelegen, isoliert, mit gutem Ausblick in alle Richtungen – alles, was sie Anakin gesagt hatte, stimmte. Das Anwesen war für Sicherheitszwecke ideal.

Unglücklicherweise war sie auch für andere Dinge perfekt. Sie konnte nicht mehr so tun, als würde sie es nicht sehen: Anakin *empfand viel* für sie. Und je mehr Zeit sie mit ihm verbrachte – vor allem an diesem Ort, der mit einigen der glücklichsten Erinnerungen ihrer Jugend verbunden war – desto mehr fühlte sie sich auch zu ihm hingezogen. *Hör auf damit,* sagte sie sich streng. *Du musst wichtige Arbeit erledigen. Du hast keine Zeit, dich zu verlieben.* Doch die Strenge sich selbst gegenüber vertrieb das leere Gefühl in ihrem Innern nicht und hielt sie nicht davon ab ... glücklich zu sein, wenn er unerwartet um die Ecke kam. Und es vertrieb auch nicht die Erinnerung an diesen Kuss ...

Sie hörte eine Bewegung und sah auf, als Anakin sich zu ihr hinüber beugte. *Er wird mich wieder küssen*, dachte sie. Und obwohl sie sich wegdrehte, wusste sie, dass sie es auch wollte. „Anakin, nein“, sagte sie und die Worte klangen traurig – anstatt streng und entschlossen.

Anakin sah sie an. Einen Moment später begann er zu sprechen – leise und ohne die selbstsichere Art, die sie mittlerweile von ihm kannte.

„Vom Moment unserer ersten Begegnung vor all diesen vielen Jahren ist kein Tag vergangen, an dem ich nicht an dich gedacht habe“, sagte er zu ihr. „Und jetzt, wo ich wieder bei dir bin, bin ich voller Qual. Je näher ich dir komme, desto schlimmer wird es. Der Gedanke, nicht bei dir zu sein, dreht mir den Magen um – mir wird der Mund trocken. Mir wird schwindlig. Ich bekomme keine Luft mehr. Ich werde verfolgt von dem Kuss, den du mir nie hättest geben dürfen. Mein Herz klopft und ich hoffe, dass dieser Kuss nicht zu einer Narbe wird. Du bist tief im Innern meiner Seele und quälst mich. Was soll ich denn tun? Ich werde alles tun, worum du mich bittest."

Alles? Würdest du diesen Kuss vergessen? Würdest du mich bitte nicht mehr so ansehen – und uns beide zu unserer Arbeit zurückkehren lassen? Padmé wusste, dass sie die Worte laut aussprechen sollte, doch sie schaffte es nicht.

Einen Augenblick später fuhr er lächelnd fort. „Falls du genau so viel leiden solltest wie ich, lass es mich wissen."

Padmé wandte den Kopf ab. „Ich ... ich kann nicht. Wir können nicht ... Es ist einfach unmöglich."

„Alles ist möglich", sagte Anakin. Entschlossenheit kehrte jetzt wieder in seinen Tonfall zurück. „Padmé, bitte hör zu, was ich sage ..."

„Nein, du hörst jetzt zu", stieß Padmé hervor. Warum musste sie jetzt für sie beide denken? „Wir leben in einer harten Welt. Komm zurück in diese Welt. Du bist auf dem Weg, ein Jedi-Ritter zu werden. Ich bin Senatorin. Wenn du deine Gedanken zu Ende denkst, dann führen sie uns an einen Ort, an den wir nicht gehen dürfen – ungeachtet dessen, was wir füreinander empfinden."

„Dann empfindest du also doch etwas!", stieß Anakin erregt hervor.

Hatte er denn nicht gehört, was sie außerdem noch gesagt hatte? „Jedi dürfen sich nicht vermählen", sagte Padmé sehr langsam und deutlich, so als würde sie mit dem kleinen Jungen sprechen, an den sie sich erinnerte, und nicht mit dem gut aussehenden jungen Mann, den sie ... „Man wird dich aus dem Orden ausschließen. Ich lasse nicht zu, dass du für mich deine Zukunft aufgibst."

„Du verlangst von mir, vernünftig zu sein", sagte Anakin nach einem Moment des Schweigens. „Das ist etwas, was ich nicht kann. Glaube mir, ich wäre froh, wenn ich meine Gefühle wegwünschen könnte, aber es geht nicht."

„Ich werde mich nicht auf diese Sache einlassen", sagte Padmé, halb zu sich selbst. „Ich habe wichtigere Dinge zu tun, als mich zu verlieben." Doch die Worte klangen hohl in ihren Ohren.

„So müsste es ja nicht sein", sagte Anakin. „Wir ... wir könnten es geheim halten."

„Dann würden wir eine Lüge leben", sagte Padmé sanft zu ihm. „Und selbst wenn wir wollten, könnten wir diese Lüge nicht lange aufrecht erhalten. Ich könnte es nicht. Könntest du so leben, Anakin?" Sie sah ihn eindringlich an. Sie wollte, dass er es verstand. Dass er es akzeptierte. „Könntest du so leben?"

Es folgte ein langes Schweigen und sie fürchtete, dass er nicht antworten würde. „Nein, du hast Recht", sagte er schließlich. Er sah in die Flammen und fügte beinahe unhörbar hinzu: „Es würde uns zerstören."

Padmé fröstelte. Anakins letzte Worte hatten geradezu beängstigend überzeugt geklungen. Sie müsste jetzt doch zufrieden sein, sagte sie sich. Doch sie wurde das Gefühl nicht los, dass sich überhaupt nichts geklärt hatte.

Je mehr Yoda von Obi-Wans Bericht hörte, desto alarmierter wurde er. In Mace Windu konnte er dieselbe Besorgnis spüren. Doch beide warteten geduldig, bis Obi-Wan fertig war – das Hologrammsignal war schwach und keiner von ihnen wollte riskieren, ein wichtiges Detail zu verpassen.

„Denkst du, dass diese Kloner etwas mit dem Attentat auf Senatorin Amidala zu tun haben?", fragte Mace, als Obi-Wan seinen Bericht abgeschlossen hatte.

„Nein, Meister", gab Obi-Wan zurück. „Es scheint kein Motiv dafür zu geben."

„Gehe nicht von Vermutungen aus, Obi-Wan", sagte Yoda missbilligend. „Deine Gedanken erst reinigen du solltest, wenn den wahren Schurken hinter diesem Komplott ausfindig machen du willst."

„Ja, Meister", gab Obi-Wan zurück. „Sie haben erzählt, ein gewisser Sifo-Dyas hätte die Klone vor beinahe zehn Jahren im Auftrag des Senats bestellt. Ich dachte, dass er zu dieser Zeit bereits tot war. Hat der Rat jemals der Herstellung einer Klon-Armee zugestimmt?"

„Nein", sagte Mace Windu entschieden. „Wer auch immer ihnen diesen Auftrag gegeben hat, hatte nicht die Zustimmung des Jedi-Rates."

Diese Klon-Armee war sicher sehr wichtig, doch sie lenkte auch ab. Yoda runzelte die Stirn. Wie konnte man diese beiden Dinge abwägen? „In Gewahrsam nehme diesen Jango Fett", sagte er schließlich zu Obi-Wan. „Ihn herbringen sollst du. Befragen wir ihn werden."

„Ja, Meister", sagte Obi-Wan. „Ich werde mich wieder melden, wenn ich ihn habe."

Das Hologramm erlosch. Mace Windu griff hinüber und stellte den Empfänger ab. *Vorsichtig agieren wir müssen,* dachte Yoda. *Uns verlaufen wir könnten in diesem Labyrinth aus Möglichkeiten und Entscheidungen.*

Padmé schlief in dieser Nacht nicht gut. Gegen Morgen hörte sie gedämpfte Schreie aus Anakins Zimmer, doch sie hörten auf, bevor sie sich entscheiden musste, ob sie zu ihm gehen sollte oder nicht. Sie nahm an, dass er wieder einen Albtraum hatte.

Sie stand früh auf und beschloss, vor dem Frühstück ein wenig auf dem Balkon zu sitzen. Frische Luft war genau das, was sie brauchte, um ihren Kopf freizubekommen. Als sie auf den Balkon ging, stellte sie fest, dass Anakin schon vor ihr da war. Zunächst hatte sie ihn nicht gesehen, denn er saß im Schneidersitz auf dem Boden und meditierte. Sie drehte sich leise weg, um zu gehen.

„Geh nicht."

Padmé warf einen Blick zurück. Anakin hatte die Augen noch immer geschlossen und es sah so aus, als hätte er sich überhaupt noch nicht bewegt. „Ich wollte dich nicht stören“, sagte sie unsicher.

„Deine Gegenwart ist beruhigend“, versicherte Anakin ihr.

Das ist nett, dachte Padmé. *Aber ich glaube nicht, dass ich hier lange stehen und beruhigend sein kann.* „Du hattest heute Nacht wieder einen Albtraum“, sagte sie nach einer kurzen Pause.

„Jedi haben keine Albträume“, sagte Anakin voller Bitterkeit.

„Aber ich habe dich gehört.“

Anakin öffnete die Augen und sah sie an. In seinem Blick sah Padmé all den Schmerz, den er fühlte. „Ich habe meine Mutter gesehen. Ich habe sie so deutlich gesehen, wie ich dich jetzt sehe.“ Er schluckte. „Sie leidet, Padmé. Sie töten sie! Sie erleidet Schmerzen …“

Padmé war so überwältigt, wie überzeugt seine Stimme klang, dass sie schwieg, als er aufstand. Er schloss noch einmal kurz die Augen, so als würde er ihren Anblick nicht ertragen. Dann öffnete er sie wieder und sagte niedergeschlagen: „Ich weiß, dass ich gegen meinen Auftrag verstoße, dich zu beschützen, Senatorin. Man wird mich bestrafen und möglicherweise aus dem Jedi-Orden ausschließen. Aber ich muss gehen. Ich muss ihr helfen.“ Seine Stimme war fast nur noch ein Flüstern. „Ich habe keine Wahl.“

Es muss eine andere Wahl geben, dachte Padmé. Sie ertrug es nicht, ihn dort so niedergeschlagen stehen zu sehen ... bis ihr die Lösung einfiel. „Ich werde mit dir gehen."

Anakin sah sie an, als könnte er sich keinen Reim darauf machen, was sie eben gesagt hatte. Padmé hielt seinem Blick stand. „So kannst du mich weiter beschützen und du würdest deinen Auftrag nicht verletzen."

Sie war sich noch immer nicht sicher, ob er sie verstand, bis er tief Luft holte und sagte: „Was ist mit Meister Obi-Wan?"

Padmé seufzte erleichtert. Es war gut zu sehen, wie Entschlossenheit und Hoffnung seinen Schmerz verdrängten. Irgendwo tief im Innern fürchtete sie sich davor, so viel Macht über jemanden zu haben – ein oder zwei Worte waren genug gewesen, um Anakins Selbstvertrauen und seine gute Laune wieder zu erwecken. Nur ein oder zwei Worte von ihr. Sie verdrängte den Gedanken und lächelte. Dann nahm sie Anakins Hand und sagte: „Ich glaube nicht, dass wir es ihm sagen werden, oder?"

KAPITEL 9

Obi-Wan schaltete den Transmitter ab. *In Gewahrsam nehme diesen Jango Fett. Genau.* Er sah sich die Regenfluten an, die draußen vor seinem Cockpit niederprasselten und seufzte. Dann zog er seine Kapuze hoch und öffnete die Cockpitscheibe. Leise schlich er sich nach Tipoca City zurück.

Mit Hilfe der Macht spürte er die verschiedenen Wesen in den Korridoren und wich ihnen aus. So erreichte er ohne Zwischenfälle das Apartment von Jango Fett. Zu seiner Überraschung öffnete sich die Tür, als er sie berührte, und er wusste schlagartig, was er dahinter vorfinden würde. Die Zimmer waren nicht mehr ordentlich und aufgeräumt. Leere Schubladen hingen herunter und die wenigen persönlichen Habseligkeiten waren verschwunden. *Ich wusste, dass er auf einen schnellen Aufbruch vorbereitet war, aber es war mir nicht klar, dass er so schnell verschwinden kann!*

Sie konnten noch nicht lange weg sein. Es war ja noch nicht einmal lange her, dass Obi-Wan sich von ihnen verabschiedet hatte. Er griff auf den Computer an der Wand zu und fand schnell heraus, auf welcher Landeplattform Fett sein Schiff geparkt hatte. *Slave I – was für ein passender Name für das Schiff eines Kopfgeldjägers*, dachte er, als er die Plattformlisten durchlas. Das Schiff war noch da. Obi-Wan nahm sich die Zeit, um eine Karte aufzurufen und den schnellsten Weg zur Plattform herauszufinden. Dann rannte er aus dem Apartment.

Als er ankam, beluden die beiden Fetts ihr Schiff. Jango reichte Boba Kisten nach oben. In seiner silber-goldenen Panzerung und mit dem Jetpack erkannte er eindeutig den Mann, der die Attentäterin vor dem Nachtklub getötet hatte. Er stand mit dem Rücken zur Tür. Obi-Wan lief durch den Regen in der Hoffnung, ihn überraschen zu können. Doch der Junge sah ihn kommen. „Dad!"

Jango Fett zog seinen Blaster und drehte sich um. Obi-Wan zog gerade noch rechtzeitig sein Lichtschwert, um den Schuss abzuwehren. Doch da war er schon kurz vor Fett und schwang seine Waffe.

„Boba, steig ein!", rief Jango und zündete seine Raketen. Er schoss in die Luft und wich Obi-Wans Hieb aus.

Obi-Wan wirbelte herum, als Jango über seinen Kopf flog und landete hinter ihm. Der Kopfgeldjäger flog eine Schleife und schoss dabei mit Giftpfeilen auf ihn. Obi-Wan wehrte sie mit dem Lichtschwert ab. Obwohl er versuchte, sie auf Jango zurückzulenken, schaffte der es, den meisten davon auszuweichen – die restlichen prallten wirkungslos vom Panzer des Kopfgeldjägers ab.

Plötzlich schoss Fett erneut in die Luft und verharrte schwebend außerhalb von Obi-Wans Reichweite. Einen Augenblick später zischte eine Lasergranate an Obi-Wan vorbei und riss ein Stück aus dem Landetower. Die Explosion warf Obi-Wan auf den Boden und riss ihm das Lichtschwert aus der Hand. *Der Junge in dem Schiff – er schießt auf mich!* Das tat Jango Fett auch, doch diese Schüsse konnte Obi-Wan mit dem Lichtschwert ablenken. Er würde sie ablenken können, *wenn* er sein Lichtschwert *hätte*.

Jango Fett landete genau vor ihm. Obi-Wan sprang nach vorn und packte ihn. *Solange wir dicht zusammen sind, kann Boba nicht auf uns schießen, ohne seinen Vater zu treffen.* Doch Jango benutzte wieder seine Raketen und kickte Obi-Wan mitten in der Luft weg. Der Jedi stürzte hart zu Boden, rutschte über die nasse, glitschige Oberfläche und suchte verzweifelt nach einem Halt.

Gerade als er dachte, er hätte einen gefunden, blitzte etwas über ihm auf und wickelte sich um seine Handgelenke. *Fangdraht!* dachte Obi-Wan, als er schnell in Richtung einer Stützsäule gezogen wurde. Jango wollte ihn daran zerschmettern, doch Obi-Wan rollte sich rechtzeitig weg. Er nutzte den Schwung, um wieder auf die Beine zu kommen, und stemmte all sein Gewicht gegen den Draht.

Der Fangdraht schnitt schmerzhaft in seine Handgelenke, allerdings brachte der plötzliche Ruck Jango zu Boden. Der Kopfgeldjäger verlor sein Jetpack und rutschte über den flachen Boden auf den Rand der Landeplattform zu, hinter deren Ende ein Abhang begann. Obi-Wan zog er dabei mit sich. Sie wurden schneller und schneller. Kurz bevor Jango über die Kante glitt, sah Obi-Wan Klammern aus seiner Panzerung hervorschießen, die ihn an Ort und Stelle im Boden verankerten. Und dann, als er an Jango vorbei über die Kante rutschte, spürte er, wie eine Welle der Zufriedenheit seinen Gegner durchströmte ... und der Draht um seine Handgelenke lockerte sich.

Obi-Wan packte automatisch das lose Ende des Drahtes, als er im windgepeitschten Regen hinabstürzte. Mit Hilfe der Macht tastete er nach dem anderen Ende des Seiles, das Jango gerade gelöst haben musste. Einen endlos scheinenden Moment fand er es nicht. Dann hatte er es und ließ es mit Hilfe der Macht seitlich auf die großen Säulen zufliegen, die die Landeplattform trugen. Dort wickelte es sich um einen Querträger. Der Draht schnitt ihm wieder in die Handgelenke, als er zu Ende war, doch das war besser, als in die aufgewühlten Wellen zu stürzen und gegen eine der Säulen geschleudert zu werden. Er hielt sich fest und schwang unter der Landeplattform hin und her.

Unter ihm, ein wenig seitlich, sah er einen schmalen Vorsprung – vielleicht eine Art Wartungsplattform – knapp über den Wellen. Er ließ das Seil dankbar los und ließ sich auf die Plattform fallen. Wie erwartet gab es dort auch eine Tür. Obi-Wan zog sie auf und rannte die dahinter liegende Treppe hoch.

Er kam auf der Landeplattform an, als Fetts Schiff gerade abhob und ein paar Meter über dem Boden schwebte – der erste Schritt beim Start. Er konnte gerade noch einen magnetischen Peilsender aus seiner Gürteltasche holen und zu dem Schiff hochwerfen. Dann hob die *Slave I* ab und raste in den Himmel – doch selbst durch den peitschenden Regen hörte Obi-Wan das metallische Klacken, als sich das kleine Gerät an der Hülle des Schiffes festmachte. Mit einem erleichterten Seufzen griff er nach seinem Lichtschwert. Jetzt musste er ihnen nur noch folgen.

Tatooine hatte sich nicht verändert. Es war heiß und trocken und Anakin stellte überrascht fest, dass er es ein wenig *zu* heiß fand. Offensichtlich hatte er sich in der Zwischenzeit mehr an kühlere Welten gewohnt, als ihm klar gewesen war. Doch auf den alten, sandigen Wegen zwischen den bekannten, eckigen, sandfarbenen Gebäuden lief noch immer dieselbe bunte Ansammlung von zwielichtig aussehenden Wesen umher. Er hätte mit verbundenen Augen zu Wattos Schrottladen gefunden.

Und doch fühlte er sich nicht ... wohl. Vielleicht lag das daran, dass er nun erkannte, wie herunterkommen und zurückgeblieben diese Welt war. Er erinnerte sich, wie schockiert Padmé gewesen war, als sie herausgefunden hatte, dass er Wattos Sklave war. Jetzt verstand er, weshalb.

Watto hatte sich ebenfalls nicht verändert. Die erste Reaktion des fetten kleinen Toydarianers beim Anblick eines

Jedi-Padawans war: „Worum auch immer es geht, ich war es nicht!" Doch als er Anakin erkannt hatte, schien er erfreut zu sein, ihn zu sehen. Und er war bereit, ihm zu helfen.

„Shmi gehört mir nicht mehr", sagte er. „Ich habe sie an einen Feuchtfarmer namens, äh, Lars verkauft. Ich habe gehört, dass er sie freigelassen und *geheiratet* hat. Nicht zu fassen, hä?" Wattos rübenartige Nase runzelte sich in offensichtlichem Erstaunen bei dem Gedanken daran, dass jemand gutes Geld für eine Sklavin bezahlen würde, nur um sie freizulassen, ganz gleich wie er fühlte. „Weit weg von hier – ein Ort auf der anderen Seite von Mos Eisley."

Also nahmen Anakin und Padmé das kleine Naboo-Schiff, das sie sich geliehen hatten, und flogen nach Mos Eisley. Die Wegbeschreibung, die sie von Watto bekommen hatten, war recht einfach zu befolgen und schon am späten Nachmittag landeten sie in der Nähe eines kleinen Gehöftes außerhalb der Stadt.

Sie ließen R2-D2 beim Schiff und gingen zu den Gebäuden. Ein Droide in menschlicher Form richtete sich von der Arbeit an einem Kondensator auf, als sie näher kamen. „Kann ich Euch behilflich sein? Ich bin C ..."

„3PO?", fragte Anakin grinsend und bemerkte, dass der von ihm geschaffene Protokoll-Droide jetzt eine Hülle hatte.

„Oh je, oh je", sagte C-3PO und legte den Kopf zur Seite. „Oh, mein Hersteller! Meister Anakin! Ich wusste, dass Ihr zurückkehren würdet."

„Ich bin gekommen, um meine Mutter zu sehen", sagte Anakin zu ihm.

C-3PO hielt mitten in der Bewegung inne, so als hätte ihm jemand plötzlich die Energie abgestellt. Anakin spürte einen gewaltigen Kloß im Hals. *Irgendetwas ist ganz und gar nicht in Ordnung. Ich wusste es.* C-3PO zuckte leicht und sagte: „Ich glaube ... ich glaube ..., vielleicht sollten wir lieber hineingehen."

Anakin folgte ihm. Er war hin- und hergerissen zwischen dem Wunsch zu erfahren, was geschehen war, und der Angst, es hören zu müssen. C-3PO brachte sie in einen tiefer gelegenen Hof und stellte Anakin Owen Lars und seiner Freundin Beru vor. Owen war ein kräftiger, junger Mann, der bereits das ruhige, solide Aussehen eines Farmers hatte. Beru schien praktisch veranlagt zu sein, die ordentlichen blonden Locken um ihren Kopf verstärkten diesen Eindruck noch.

„Tja, dann bist du wohl mein Stiefbruder", sagte Owen. „Ich dachte mir, dass du eines Tages auftauchen würdest."

„Ist meine Mutter hier?", stieß Anakin hervor. Er war unfähig, noch mehr Zeit mit Höflichkeitsfloskeln zu verschwenden.

„Nein, ist sie nicht", sagte eine grimmige Stimme.

Anakin drehte sich um. Ein kleiner Schwebestuhl kam aus dem Hauptgebäude. Darin saß ein großer älterer Mann, der Owen sehr ähnlich sah. Um eines Beine war einen frischer Verband gewickelt. Das andere Bein fehlte.

„Cliegg Lars", sagte der Mann, um sich vorzustellen und hielt verlegen ein Hand hin. „Shmi ist meine Frau. Wir sollten reingehen. Wir haben eine Menge zu bereden."

Sag mir einfach, wo meine Mutter ist!, dachte Anakin wütend, doch er konnte einen Mann im Schwebestuhl nicht anbrüllen. Also folgte er Cliegg ins Haus, in den unterirdischen Essbereich. Beru servierte ihnen dampfende Tassen mit Ardees, als Cliegg seine Geschichte begann.

„Es war kurz vor Sonnenaufgang", sagte er. Seine Stimme klang immer noch aufgewühlt. „Sie kamen aus dem Nichts. Eine Gruppe von Tusken-Räubern auf der Jagd ..."

Anakins Verstand schaltete ab. Tatooine wurde von der kriminellen Organisation der Hutts kontrolliert. Es war ein Freihafen für Schmuggler, Diebe und andere Gauner. Doch sogar auf Tatooine galten die Tusken-Räuber als bösartig. Sie folterten Leute zum Spaß. Und sie hatten seine Mutter? Ihm wurde kalt. *Nein, Mom. Nein ...*

Cliegg redete noch immer, doch Anakin hörte nur Fetzen. „Dreißig von uns haben sie verfolgt ... ich konnte nicht mehr reiten ... schon wieder auf dem Rückweg ... seit einem Monat weg." Anakin zwang seine Aufmerksamkeit wieder auf die Gegenwart, als Cliegg gerade schwermütig zum Ende kam. „Es besteht nur wenig Hoffnung, dass sie noch am Leben ist."

Du hast nicht meine Albträume, dachte Anakin. Er blickte in die Runde und sah den Schock und das Mitgefühl in Padmés Gesicht, den hoffnungslosen Schmerz in Clieggs und die schwache Hoffnung in Owens Gesicht. Sie alle schienen weit weg zu sein, beinahe unnatürlich, getrennt durch die eiskalte Angst, die sein Herz umschloss. Er stand abrupt auf.

„Wo willst du hin?", fragte Owen.

„Ich suche meine Mutter." Er nahm Padmés Protest und Clieggs Einwände kaum wahr. „Ich fühle ihren Schmerz und ich *werde* sie finden."

Sie starrten ihn einen Moment lang an, bis Owen sagte: „Nimm mein Speeder-Bike." Anakin spürte eine Art Wärme. Wenigstens Owen hatte verstanden.

„Ich weiß, dass sie noch lebt", sagte er als Antwort auf diese kleine Geste des Verständnisses. Dann drehte er sich um und ging hinaus. Er hatte beim Hereinkommen in der Nähe der Treppe einen Swoop gesehen. Den musste Owen gemeint haben.

Als er den oberen Treppenabsatz erreicht hatte, kam ihm Padmé nachgelaufen. Doch bevor sie etwas sagen konnte, bevor sie ihn bitten konnte, sie mitzunehmen oder noch schlimmer, nicht zu gehen, sagte er: „Du musst hier bleiben. Dies sind gute Menschen, Padmé. Hier bist du in Sicherheit." Sie *musste* in Sicherheit sein. Er musste etwas haben, zu dem er zurückkehren konnte, wenn ..., nachdem er seine Mutter gefunden hatte.

Padmé sah ihn einen Moment lang an und er befürchtete, dass sie widersprechen würde. Doch sie sagte nur seinen Namen und umarmte ihn. Das brach beinahe das Eis, dass sich um sein Herz gelegt hatte. Er wollte sie anlächeln, konnte es aber nicht. „Ich bin bald zurück“, sagte er und schwang sich auf den Swoop.

Er fuhr in die Wüste hinaus. Der Lärm des Speeder-Bikes übertönte alle anderen Geräusche und die Staubwolke hinter ihm verdeckte beinahe sofort die Sicht auf Padmé und das Heim der Lars'.

Halte durch, Mom. Ich komme.

KAPITEL 10

Obwohl der Peilsender gut funktionierte, trieb Obi-Wan seinen Delta-7-Raumjäger bei der Verfolgung der *Slave I* zu Höchstleistungen. Er wollte verhindern, dass Jango Fett außerhalb der Reichweite kam. Er hatte ihn beinahe eingeholt, als sie ein Planetensystem erreichten – der Datenbank des Schiffes nach hieß es Geonosis – und das Peilsignal verschwand.

Wahrscheinlich haben sie den Peilsender entdeckt. Obi-Wan scannte vorsichtig die Gegend ab. Fett hatte sich in einem Asteroidengürtel versteckt. Doch kaum hatte er bemerkt, dass Obi-Wan ihn wieder entdeckt hatte, warf er mehrere seismische Bomben ab. Die beiden Schiffe hüpften und schwenkten zwischen den Asteroiden umher, schossen aufeinander und versuchten, einen Zusammenstoß zu vermeiden. *Deswegen hasse ich das Fliegen so*, dachte Obi-Wan, doch im gleichen Moment prallte er mit Fetts Schiff zusammen und war einfach zu sehr mit den Kontrollen beschäftigt, um noch weiter nachzudenken.

Fetts Schiff war größer und schwerer bewaffnet als das

von Obi-Wan. Die nächste Rakete war ein Lenktorpedo. Fett offen in das Asteriodenfeld zu folgen, war ein Fehler gewesen, dachte Obi-Wan, als er in dem vergeblichen Versuch, den Torpedo abzuhängen, zwischen den Asteroiden hin und her schwenkte. Es war an der Zeit, etwas Waghalsiges auszuprobieren.

Er suchte sich einen großen Asteroiden aus und hielt mit Höchstgeschwindigkeit geradewegs darauf zu. Der Torpedo folgte ihm willenlos. „Ervier, bereithalten zum Abwurf der Ersatzteilcontainer", sagte Obi-Wan, als sie näher kamen. Der kleine Droide piepte bestätigend. Obi-Wan entspannte sich, ließ die Macht fließen und wartete auf den exakt richtigen Moment. „Jetzt abwerfen!", befahl er und riss den Raumjäger hoch und seitlich weg.

Der Torpedo schlug hinter ihm in einer gewaltigen Explosion in den Asteroiden ein. Felsbrocken und die Ersatzteile wurden ins All geschleudert. Obi-Wan setzte den Jäger in einem der Krater auf der anderen Seite ab und schaltete sämtliche Energieversorgungssysteme aus. Mit etwas Glück würde Fett annehmen, dass das Schiff des Jedi aufgeschlagen und explodiert war, doch Obi-Wan wollte keinerlei Risiko eingehen. Der Kopfgeldjäger könnte schlau genug sein, einen Scan nach Energie erzeugenden Systemen vorzunehmen, nur um sicherzugehen, dass Obi-Wans Raumjäger auch wirklich zerstört war.

Ihm schien es, dass er Stunden wartete. Dann schaltete er die Energieversorgung vorsichtig wieder ein und hob ab.

Von Jango Fett war nichts zu sehen. Mit einem erleichterten Seufzen brachte Obi-Wan seinen Raumjäger auf Fetts letzten bekannten Kurs in Richtung des Planeten Geonosis.

Geonosis war eine nackte, felsige Welt. Überall gab es staubige Wüstenfelder, die tagsüber kochend heiß und nachts eisig kalt waren. R4s Projektion von Fetts Kurs brachte sie auf die Nachtseite. Obi-Wan sah keinerlei Anzeichen von Städten, nur hohe Steinsäulen, die wie Stalagmiten aussahen. *Aber Stalagmiten können nur innen wachsen, in Höhlen,* dachte Obi-Wan. *Und es sieht so aus, als wäre Fett geradewegs auf diesen einen zugeflogen. Hmmm.*

Am Rand einer kleinen Wüste neben einer der Steinsäulen fand Obi-Wan einen Felssims, der weit genug hervorragte, um seinen Raumjäger zu verstecken. Er manövrierte sein Schiff vorsichtig in den Spalt darunter und landete es. Er prüfte seine Ausrüstung zweimal und ging zu Fuß los.

Am oberen Ende des Weges blieb Obi-Wan stehen. Er zog ein Elektro-Fernglas hervor und suchte die Ebene um die eigenartige Felssäule ab. *Mit Sicherheit nicht natürlichen Ursprungs*, dachte er, *und … was ist das?* Er führte das Fernglas zurück und sah mehrere Kernschiffe der Handelsföderation, die in ordentlichen Reihen neben der Felsnadel geparkt waren. Während er hinsah, öffnete sich an einer Seite im Boden ein Spalt und eine Liftplattform versank. Einen Moment später kam sie zurück und brachte Reihen um Reihen skelettartiger Kampf-Droiden mit nach oben. *Da muss es eine unterirdische Fabrik geben,* dachte er. *Ich muss einen näheren Blick darauf werfen.*

Sich zu den Felsnadeln zu schleichen war einfacher, als er erwartet hatte. Die Kernschiffe und Kampf-Droiden waren auf einer Seite des Felsens versammelt – vermutlich war es die Vorderseite. Obi-Wan musste nichts weiter tun, als auf die andere Seite zu klettern und durch ein Fenster zu steigen. Der Innenraum war wie ein Bienenstock voller enger Korridore, die sich immer wieder plötzlich zu riesigen Räumen öffneten. Ein paar Mal hörte er jemanden gerade noch rechtzeitig kommen, um sich hinter einer dicken Säule oder in einem Durchgang zu verstecken.

Er erreichte einen risigen, offenen Platz, der augenscheinlich verlassen war. Als er ihn überqueren wollte, hörte er Stimmen und versteckte sich hinter einer Säule.

Eine gemischte Gruppe kam aus einem der Korridore und ging über den Platz. Die meisten waren große, insektenartige Geonosianer, der Rest Außenweltler. Obi-Wan blinzelte überrascht, als er zwei von ihnen wiedererkannte: Nute Gunray, den Vizekönig der Handelsföderation, der vor zehn Jahren den Angriff auf Naboo geleitet hatte, und den ehemaligen Jedi Count Dooku! Er beugte sich vor, um hören zu können, worüber sie sprachen.

„... die Handelsgilden und die Handelsallianz dazu überreden, das Abkommen zu unterzeichnen“, sagte Count Dooku gerade.

„Was ist mit der Senatorin von Naboo?“, fragte Nute

Gunray. Er verzog dabei sein breites Maul. „Ist sie schon tot? Ich werde Euer Abkommen erst unterzeichnen, wenn ich ihren Kopf auf meinem Tisch habe."

„Ich stehe zu meinem Wort, Vizekönig", gab Dooku zurück.

Nute Gunray und Count Dooku stecken hinter den Attentaten! Padmé hatte Recht. Obi-Wan schlich sich im Schatten zur nächsten Säule und hoffte, mehr mitzubekommen, doch einer der Geonosianer begann über die Kampf-Droiden zu reden und sie gingen durch ein bogenförmiges Tor außer Hörweite.

Ich muss herausfinden, was sie planen. Obi-Wan prüfte schnell, ob noch jemand kam und ging dann zu einer Treppe neben der Tür. Er hatte Glück – die Treppe führte auf eine breite Galerie, von der man den Raum darunter überblicken konnte. Dooku schien eine wichtige Konferenz abzuhalten. Neben Nute Gunray und den Geonosianern erkannte Obi-Wan einige der Senatoren, die die Separatistenbewegung unterstützten, außerdem Repräsentanten der Handelsgilden und des Intergalaktischen Bankenclans.

Obi-Wan machte eine finstere Miene, als er der Unterhaltung zuhörte. Die Handelsallianz und die Handelsföderation – mit ihrer riesigen Droiden-Armee – schlossen sich den Separatisten an. Es schien tatsächlich so, als wollte Dooku einen Bürgerkrieg beginnen. *Meister Yoda muss das sofort erfahren*, dachte Obi-Wan. Er schlich wieder die Treppe hinunter und ging zu seinem Schiff.

Es war schon nach Mitternacht, als Anakin das Speeder-Bike endlich am Rand einer Klippe parkte, die das Lager der Tusken-Räuber überragte. Er wusste, dass er am richtigen Ort war. Er hatte die ganze Nacht gespürt, dass er näher kam. Und jetzt spürte er seine Mutter in den von Tierhäuten bedeckten Hütten dort unten. *Ihre Schmerzen …* er zwang sich, nicht mehr zu zittern. *Ich bin beinahe da, Mom.*

Er zog seine Kapuze über den Kopf und schlich in das Camp hinunter. Die Tusken-Räuber hatten zwei Wachen vor der Hütte postiert, doch Anakin hatte ohnehin nie vorgehabt, durch die Tür hineinzugehen. Vorsichtig ging er durch den Schatten zur Rückseite der Hütte. Nachdem er sich versichert hatte, dass niemand in der Nähe war, aktivierte er sein Lichtschwert.

Die Haut der Zeltwand gab schnell nach und ein paar Augenblicke später war er drin. Durch das Rauchloch im Dach fiel das Mondlicht herein. Man konnte gerade noch die abgebrannten Kerzen sehen, die überall auf dem Boden standen, den Holzrahmen in der Mitte der Hütte … und die Gestalt einer Frau, die an dem Rahmen hing.

Ohne bewusst nachzudenken, schwenkte Anakin sein Lichtschwert und die Seile, die sie festhielten, waren zerschnitten. Er ließ die Waffe fallen und fing seine Mutter im Sturz auf. Sogar in dem schwachen Licht konnte er die Wunden in ihrem Gesicht und an ihren Armen sehen. Ihre Augen waren beinahe zugeschwollen und blutig –

er konnte das Blut nicht sehen, wollte es nicht sehen. „Mom“, sagte er verzweifelt. „Mom!“

Seine Mutter öffnete die Augen. „Annie?“, fragte sie mit schwacher, heiserer Stimme. „Bist du es?“

Anakin bekam beinahe keine Luft mehr. Jetzt, wo er sie in den Armen hielt, spürte er ihre Schmerzen noch deutlicher. *Sie ist ... sie ist ... ich muss sie nach Hause bringen!* „Ich bin hier, Mom“. sagte er eindringlich. „Du bist jetzt in Sicherheit. Halte durch.“ *Bitte, bitte halte durch!* „Ich werde dich hier herausbringen.“

Doch Shmi schien seine Worte nicht zu hören. Als ihre Augen schließlich sein Gesicht gefunden hatten, entspannten sich ihre geschundenen Gesichtszüge zu einem Ausdruck der Zärtlichkeit. „Annie? Du siehst so gut aus. Mein großer Sohn ... mein erwachsener Sohn.“ Sie stöhnte und fuhr mit offensichtlicher Anstrengung fort. „Ich bin so stolz auf dich, Annie. So stolz.“ Ihre Stimme wurde schwächer. Anakin musste sich anstrengen, um die Worte noch hören zu können. „Ich hab dich so sehr vermisst. Jetzt ist alles gut.“

„Bleib bitte bei mir, Mom“, flehte Anakin. Die eisige Kälte schloss sich wieder um sein Herz. „Ich werde dafür sorgen, dass es dir wieder gut geht. Alles wird wieder gut.“ Er griff nach der Macht, während er sprach. Er musste doch etwas tun können, um ihr zu helfen, etwas, um die furchtbaren Schmerzen zu lindern, die er in ihr spürte. Etwas, das dem Leben wieder Kraft geben konnte, von dem er spürte, dass es in seinen Armen zerrann. Etwas, das ihr mehr Zeit verschaffen konnte. Die Macht war da, doch er wusste nicht, wie er sie dafür einsetzen musste.

Shmi versuchte, ihn anzulächeln. „Ich liebe …", flüsterte sie. Dann wurde sie furchtbar still.

Anakin starrte sie wie betäubt an. Einen Augenblick später berührte er ihre Augenlider und schloss sie. *Die Tusken-Räuber haben das getan. Cliegg hat sie Tiere genannt – sie sind schlimmer als Tiere. Sie sind … sie sind … bösartige, hirnlose Mordbestien. Ich werde es ihnen zeigen! Ich werde sie alle erwischen!*

Oh Mom. Mom …

KAPITEL 11

Nachdem Padmé sich fast die ganze Nacht lang Sorgen gemacht hatte, hörte sie endlich, wie Beru draußen rief: „Er ist zurück! Er ist zurück!" Sie lief gerade noch rechtzeitig hinaus, um zu sehen, wie Anakin den Swoop landete. *Es geht ihm gut!* dachte sie. Doch dann sah sie sein Gesicht, als er den Leichnam seiner Mutter von dem Speeder-Bike hob und sie fragte sich, ob es ihm jemals wieder gut gehen würde.

Anakin sprach mit niemandem. Er trug Shmis Leichnam in das Haus und ging dann allein zur Werkstatt. *Er ist voller Schmerz*, dachte Padmé. Sie blieb lange mit besorgter Miene vor der verschlossenen Tür der Werkstatt stehen. Doch schließlich ging sie zur Küche und bereitete ein Tablett mit Essen vor. Falls Anakin nicht herauskommen würde, wollte sie zu ihm hineingehen.

Als sie das Tablett in die Werkstatt trug, sah sie Anakin mit einem Schweißgerät und ein paar Teilen hantieren. Er blickte nicht auf.

„Ich habe hier etwas für dich", sagte Padmé.

Anakin blieb gebeugt vor der Werkbank stehen. „Der Schalthebel ist kaputt“, sagte er so angespannt, dass sie kaum seine Stimme wiedererkannte. „Das Leben erscheint so viel einfacher, wenn man etwas repariert.“ Sein Gesicht verhärtete sich. „Ich kann gut reparieren. Aber ich konnte nicht ...“ Er schmetterte die Teile auf die Werkbank und schaute auf. Padmé sah Tränen in seinen Augen. „Warum musste sie sterben?“, fragte er. „Warum konnte ich sie nicht retten? Ich weiß, dass ich es geschafft hätte!“

„Es gibt Dinge, die lassen sich nicht reparieren“, sagte Padmé sanft. „Du bist nicht allmächtig, Annie.“

„Das sollte ich aber sein!“, sagte Anakin in plötzlichem Zorn. „Eines Tages werde ich es sein! Ich werde der absolut mächtigste Jedi aller Zeiten sein. Ich werde sogar lernen, das Sterben der Menschen zu verhindern!“

Padmé spürte die Gefühle, die um ihn herum wirbelten. Schmerz, Frustration, Wut, Trauer ... und Angst. Das ängstigte sie, doch sie wusste nicht, was sie dagegen unternehmen konnte. „Anakin ...“, sagte sie unsicher.

„Das ist alles Obi-Wans Schuld!“, rief Anakin. „Er ist eifersüchtig! Er weiß, dass ich schon jetzt mächtiger bin als er. Er gibt mir keine Chance!“ Er schleuderte seine Zange quer durch den Raum. Padmé schaute ihn erschrocken an. Seine Hände zitterten. Er sah sie an, als gehörten sie jemandem anderen.

Hier geht es nicht nur um seine Mutter. Da ist noch etwas anderes. Padmé holte tief Luft. „Annie, was ist los?“

„Ich … ich habe sie umgebracht“, flüsterte Anakin und Padmé wurde kalt. „Ich habe sie alle umgebracht. Sie sind tot, jeder Einzelne von ihnen. Nicht nur die Männer. Auch die Frauen. Und die Kinder auch.“ Schließlich sah er auf. Sein Gesicht war starr und Padmé musste sich zwingen, seinem Blick nicht auszuweichen. „Sie sind wie Tiere“, spuckte er. „Und ich habe sie wie Tiere abgeschlachtet. Ich hasse sie!“ Dann zerfiel die zornige Maske und er brach in Schluchzen aus.

Padmé ging ohne zu zögern zu ihm und nahm ihn in die Arme. Ein Teil von ihr war noch immer erschrocken und bestürzt – *Frauen und Kinder? Mein Anakin hat sie alle getötet?* – und sie wusste, dass sie ihm es eigentlich sagen musste. Doch sie ertrug es nicht, seinen Schmerz noch zu verschlimmern.

„Weshalb hasse ich sie?“, stammelte Anakin zwischen den Schluchzern. „Ich konnte … ich hatte … ich hatte mich nicht mehr unter Kontrolle. Ich wollte sie nicht hassen …, aber ich konnte ihnen einfach nicht vergeben.“

„Zornig zu sein ist menschlich“, sagte Padmé.

„Ein Jedi zu sein bedeutet, seinen Zorn zu kontrollieren.“ Anakin klang verloren und sie spürte, wie er zitterte. *Das ist es – er hat Angst, dass sie ihm sagen, er könne kein Jedi mehr sein,* dachte sie. *Aber Jedi sind keine Übermenschen. Er weiß, dass er das nicht hätte tun dürfen. Das werden sie verstehen.*

„Schhh“, sagte sie und wiegte ihn sanft hin und her.

„Nein", sagte Anakin. „Ich bin ein Jedi. Ich weiß, dass ich das nicht hätte tun dürfen. Es tut mir Leid … es tut mir so Leid."

„Du bist ein Mensch. Du bist wie jeder andere auch. Schhhh."

Sie blieb lange bei ihm und brachte ihn dann dazu, etwas zu essen. Er kam ihr verletzlich vor, so als könnte das kleinste harte Wort ihn zerbrechen, und sie wollte ihn nicht allein lassen. Gegen Mittag kam Beru, um ihnen zu sagen, dass Owen und die Haus-Droiden Shmis Grab ausgehoben hatten. Sie gingen hinaus zu der einfachen Beerdigung.

Die Zeremonie dauerte nicht lange. Cliegg hielt eine kurze Rede und dann ließen Owen und C-3PO Shmis Leichnam in das Grab hinunter. Cliegg sah mit Tränen im Gesicht in die Grube. „Du warst die liebevollste Partnerin, die ein Mann jemals haben konnte", sagte er. „Lebe wohl, meine geliebte Frau. Ich danke dir."

Anakin ging nach vorn und kniete einen Moment neben dem Grab nieder. „Ich war nicht stark genug, um dich zu retten, Mom", sagte er leise. „Aber ich verspreche dir, dass ich nicht noch einmal versagen werde." Dann flüsterte er so leise, dass nur Padmé es verstehen konnte, weil sie dicht bei ihm stand: „Ich vermisse dich so sehr."

Das folgende Schweigen wurde von Zwitscher- und Pieptönen gebrochen. Padmé wandte sich wütend um und sah R2-D2 zu ihnen herrollen. „R-Zwo, was willst du hier?"

C-3PO kam zu ihnen. „Offenbar hat er eine Mitteilung

von einem ... Obi-Wan Kenobi", übersetzte der Protokoll-Droide. „Sagt Euch dieser Name etwas, Master Anakin?"

Padmé sah unsicher zu Anakin hinüber, doch der nickte nur, als er wieder aufstand. Sie verabschiedeten sich hastig von den Lars'. Owen schlug Anakin vor, C-3PO mitzunehmen. Dann gingen sie alle schnell zu Padmés Raumschiff zurück, um Obi-Wans Nachricht abzuspielen.

Die Aufzeichnung begann mit der ruhigen Bitte, die Nachricht nach Coruscant weiterzuleiten. Padmé nahm die entsprechenden Verbindungen auf und sie setzten sich hin, um sich die Nachricht anzuhören.

Es waren düstere Neuigkeiten. Obi-Wan hatte den Mörder gefunden und hatte dabei auch eine geheime Allianz zwischen Count Dooku und den Handelsgilden aufgedeckt. „Sie haben Count Dooku ihre Armeen zur Verfügung gestellt", sagte das kleine Abbild von Obi-Wan. „Sie bereiten eine ... Wartet. Wartet!"

Padmé schoss von ihrem Sitz hoch, als das Bild zeigte, wie Obi-Wan von Droidicas angegriffen wurde, den rollenden Security-Droiden der Handelsföderation. Anakin sprang auf und begann, auf Knöpfe zu drücken. Doch was auch immer er versuchte, er bekam keinen Kontakt mehr mit Obi-Wan. Dann versuchte er, Coruscant zu erreichen. Er kam schnell durch, doch die Antwort war keineswegs beruhigend.

„Wir werden uns um Count Dooku kümmern", sagte Jedi-Meister Mace Windu zu ihnen. „Für dich, Anakin, ist jetzt das Wichtigste, dass du bleibst, wo du bist." Er runzelte streng die Stirn. „Du musst die Senatorin um jeden Preis beschützen. Das ist deine oberste Priorität."

„Verstanden, Meister", gab Anakin vollkommen emotionslos zurück.

„Sie werden niemals rechtzeitig dort ankommen", stieß Padmé hervor, als das Hologramm verschwunden war. „Sie müssen die halbe Galaxis durchqueren. Sieh dir das an, Geonosis ist mehr als ein Parsec entfernt."

„Du hast Meister Windu gehört", sagte Anakin tonlos. „Er gab mir die strikte Anweisung, hier zu bleiben."

Du hast mir einmal erzählt, dass Obi-Wan wie ein Vater für dich war – und du hast gerade deine Mutter verloren. Du kannst ihn doch nicht einfach sterben lassen. Padmé biss die Lippen zusammen, um die verletzenden Worte nicht auszusprechen. *Und Obi-Wan ist auch mein Freund.* Sie streckte die Hand aus und begann, die Schalter für die Flugvorbereitung im Cockpit des Schiffes zu bedienen. „Er gab dir die strikte Anweisung, mich zu beschützen", sagte sie. „Und ich werde Obi-Wan retten. Wenn du also die Absicht hast, mich zu beschützen, wirst du mich wohl begleiten müssen."

Anakin starrte sie einen Moment ungläubig an. Dann grinste er und übernahm die Kontrollen.

Ich hoffe, wir kommen noch rechtzeitig, dachte Padmé, als der Raumjäger von Tatooine aufstieg. *Wir müssen rechtzeitig kommen.*

Die geonosianische Gefängniszelle war nicht unbedingt unbequem. Es war nur so, dass das Energiefeld, in dem Obi-Wan aufgehängt war, ihm keinerlei Bewegung erlaubte. Es gab ein Knacken und ein stechender Schmerz schoss ihm in den Arm. *Oh, die elektrischen Fesseln sind allerdings sehr unangenehm.*

Er musste auf dem Rückweg zum Raumjäger unvorsichtig gewesen sein, dachte er. Hätten die Geonosianer oder sonst jemand ihn ertappt, als er die Konferenz belauscht hatte, dann hätten sie ihn sicher aufgehalten, bevor er die Nachricht absetzen konnte. Er hoffte, dass Anakin sie weitergeleitet hatte, ohne etwas Kopfloses zu unternehmen. *Noch etwas* Kopfloses, dachte er. Was tat der Junge überhaupt auf Tatooine? Wäre Obi-Wan nicht auf den Gedanken gekommen, das Signal breiter zu fächern, als er Anakin auf Naboo nicht erreicht hatte, wäre die Nachricht niemals durchgekommen …

Die Zellentür öffnete sich und Count Dooku kam herein. Hätte Obi-Wan sich bewegen können, so wäre er jetzt erstarrt.

„Hallo mein Freund", sagte Dooku. „Das ist ein Missverständnis. Ein furchtbares Missverständnis. Sie sind zu weit gegangen. Das ist Wahnsinn."

„Ich dachte, Ihr wäret hier der Anführer, Dooku", sagte Obi-Wan. Er versuchte, nicht zusammenzuzucken, als die elektrischen Fesseln erneut knackten.

„Ich habe hiermit nichts zu tun, das versichere ich Euch",

sagte Dooku in einem aufrichtig klingenden Tonfall. „Ich verspreche Euch, dass ich baldmöglichst eine Petition für Eure Freilassung vorbringen werde."

Er kann nicht wissen, was ich alles gesehen habe, dachte Obi-Wan. In einem Tonfall, von dem er hoffte, dass er gelassen klang, sagte er: „Nun, ich hoffe, dass es nicht zu lange dauert. Ich habe viel zu tun."

„Es ist bedauerlich, dass sich unsere Wege noch nicht früher gekreuzt haben, Obi-Wan", fuhr Dooku fort. „Qui-Gon hat immer viel von Euch gehalten. Ich wünschte, er wäre noch am Leben."

Das wünschte ich auch. Obi-Wan unterdrückte den Stich, der ihn noch immer beim Gedanken an seinen Meister durchfuhr, der zehn Jahre zuvor während des Naboo-Krieges von einem Sith-Lord getötet worden war.

„Ich könnte gerade jetzt seine Hilfe gebrauchen", fuhr Dooku fort und beobachtete Obi-Wan dabei genau.

Der spannte sich unwillkürlich an. „Qui-Gon Jinn hätte sich Euch *niemals* angeschlossen."

„Seid Euch dessen nicht so sicher, junger Jedi", sagte Dooku sanft zu Obi-Wan. „Er war einst mein Schüler, so wie Ihr seiner wart. Er wusste immer über die Korruption des Senats Bescheid, aber er hätte niemals darüber geschwiegen, wenn er die Wahrheit gekannt hätte, die ich jetzt kenne."

„Die Wahrheit?" Welche Wahrheit konnte einen Bürgerkrieg rechtfertigen?

„Was wäre, wenn ich Euch sagte, dass die Republik jetzt unter der Kontrolle der dunklen Lords der Sith steht?"

„Nein", sagte Obi-Wan. „Das ist nicht möglich. Das wäre den Jedi bekannt." *Aber ein Sith-Lord hatte Qui-Gon umgebracht ... und Meister Yoda hatte damals gesagt, dass es immer zwei gibt. Wo war der andere während der vergangenen zehn Jahre gewesen?*

„Die Dunkle Seite der Macht hat ihre Wahrnehmung getrübt, mein Freund", sagte Count Dooku traurig. „Hunderte von Senatoren stehen jetzt unter dem Einfluss eines Sith-Lords namens Darth Sidious."

Obi-Wan versuchte, mit der Macht hinauszugreifen und zu erspüren, ob Count Dooku die Wahrheit sagte. Doch die elektrischen Fesseln knackten wieder und er konnte sich nicht konzentrieren. „Ich glaube Euch nicht", sagte er zu Dooku.

„Der Vizekönig der Handelsföderation war einmal ein Bündnis mit Darth Sidious eingegangen, doch er wurde verraten. Er kam zu mir und bat um Hilfe. Der Rat der Jedi wollte ihm nicht glauben. Ich habe mehrfach versucht, sie zu warnen, doch sie wollten nicht auf mich hören." Dooku beugte sich leicht nach vorn, wobei er beinahe das Kraftfeld berührte. „Ihr müsst Euch mir anschließen, Obi-Wan. Zusammen werden wir die Sith vernichten."

Obi-Wan starrte ihn an. Dookus Behauptungen über den Senat und die Sith-Lords waren zutiefst beunruhigend. Doch Tatsache war, dass Dooku mit eben jenem Vizekönig der Handelsföderation die Ermordung der Senatorin Amidala geplant hatte. Und er bereitete sich auf einen Bürgerkrieg vor, der die gesamte Galaxis entzweien konnte. *Ich bin ein Jedi. Ich werde mich nicht an solchen Dingen beteiligen.* „Ich werde mich Euch niemals anschließen, Dooku."

Dooku schaute ihn einen Moment lang an und schüttelte dann den Kopf. „Es könnte schwierig werden, Eure Freilassung zu erwirken", sagte er im Gehen. Dann war er weg.

Die Nachricht war deutlich: *Schließe dich mir an oder bleibe hier.* Aufgehängt in einem Kraftfeld mit elektrischen Fesseln ohne jede Chance zu entkommen oder jemandem das Gesehene zu berichten. Obi-Wan versuchte, den Kopf zu schütteln, doch das Energiefeld verhinderte jede Bewegung. Vielleicht sollte er so tun, als würde er sich mit Dooku verbünden. Wenn sie ihn dann freiließen, könnte er ... nein, das würde nicht funktionieren. Dooku war einmal ein Jedi gewesen. Er würde Obi-Wans wahres Motiv erraten.

Und was wäre, wenn Dooku die Wahrheit gesagt hatte? Wenn der Senat wirklich unter Kontrolle der Sith stand? Falls der Rat der Jedi tatsächlich seine Warnungen ignoriert hatte ..., doch Meister Yoda würde niemals so etwas tun.

Obi-Wan starrte die geschlossene Tür an und fühlte sich sehr, sehr allein.

KAPITEL 12

Als Obi-Wans Nachricht abgespielt war, runzelte Yoda die Stirn. Er spürte den Schock der anderen Mitglieder des Jedi-Rates nach Obi-Wans Bericht über den Verrat der Handelsföderation. *Aber unvollständig Obi-Wans Bericht war,* dachte Yoda. Er sah zu Mace Windu hinüber. „Mehr geht auf Geonosis vor, als enthüllt wurde, glaube ich", sagte er.

„Dem stimme ich zu", erwiderte Mace.

Dann kontaktierten sie Kanzler Palpatine, denn die Bedrohung für die Republik war um einiges größer, als alle angenommen hatten. Sie trafen sich im Büro des Kanzlers mit den loyalen Senatoren, die Palpatine unterstützten.

Alle hörten aufmerksam Mace Windus Zusammenfassung zu. Dann schüttelte Bail Organa den Kopf. „Die Handelsgilden bereiten einen Krieg vor. Daran besteht kein Zweifel."

Yodas Ohren zuckten. Diese Senatoren hatten nicht zugehört. Sie hatten Angst und reagierten. Aber sie *dachten nicht nach*.

„Jetzt *brauchen* wir diese Klon-Armee!", brach es aus Senator Ask Aak hervor.

Doch jeder wusste, dass der Senat dafür niemals seine Zustimmung geben würde. Nicht, bevor es zu spät war. Und es gab nicht genug Jedi, um eine Armee von Droiden aufzuhalten.

„Durch Verhandlungen der Jedi den Frieden aufrecht erhält", sagte Yoda betont. „Einen Krieg zu beginnen nicht unsere Absicht ist." Sogar jetzt könnte es noch eine Möglichkeit geben, durch Verhandlungen den Konflikt zu lösen ..., doch er spürte keinerlei Geduld in dem Raum, als die Senatoren über die weiteren Schritte diskutierten. Nur Angst und Ungeduld.

„Der Senat muss dem Kanzler eine Vollmacht für den Notstand einräumen", schlug Mas Amedda schließlich vor. „Dann ist er befugt, die Aufstellung einer Armee anzuordnen."

Krieg, du meinst, dachte Yoda traurig. Was für einen anderen Zweck gab es sonst für eine Armee? Seit Jahrhunderten hatte Yoda kein solch starkes Bedürfnis gehabt, etwas zu sagen, sich in die Politik einzumischen, die vor seinen Augen gemacht wurde. Doch er hatte bereits alles gesagt, was nötig war, und die Senatoren hatten nicht begriffen, was er damit gemeint hatte. Er schwieg. *Jedi dienen. Gesetze wir machen nicht.*

Die Senatoren sahen einander an. Sie dachten offensichtlich, dass das eine gute Idee war, doch keiner von ihnen wollte derjenige sein, der eine so einschneidende Veränderung der momentanen Regierungsstruktur vorschlug. Schließlich trat Jar Jar Binks nach vorn.

„Michse stolz sein beantragen, dass Euer Ehren werden verliehen Generalvollmacht", sagte er zu Palpatine und die Sache war schnell geregelt. Jar Jar würde den Antrag einbringen und die anderen Senatoren würden ihn dabei unterstützen. Wenn dem Antrag stattgegeben werden würde, könnte Kanzler Palpatine für den Notfall den Einsatz der Klon-Armee veranlassen.

Eine knappe Stunde später saß Yoda neben Mace Windu und sah vom Besucherbalkon zu, wie sich der Senat versammelte. Die Neuigkeiten hatten die Runde gemacht. Er spürte die Angst, die wie ein dichter Nebel über dem Saal hing. *Angst führt zur Dunklen Seite*, dachte er. Doch der Senat würde das nicht verstehen, selbst wenn es eine Möglichkeit gäbe, es den Mitgliedern zu sagen.

Mit beinahe unvernünftiger Eile wurde der Antrag, Kanzler Palpatine mit einer Generalvollmacht auszustatten, vorgeschlagen und ihm stattgegeben. Der Senat bejubelte Jar Jars Mut und Palpatine erhob sich, um zu sprechen.

„Ich habe in diese Sache nur mit größtem Zögern eingewilligt", sagte der Kanzler. „Wenn diese Krise überstanden ist, werde ich die Macht, die Ihr mir gegeben habt, wieder ablegen. Und als meine erste Amtshandlung mit dieser neuen Autorität werde ich eine große Armee der Republik schaffen, um die zunehmende Bedrohung durch die Separatisten abzuwehren."

Yoda schüttelte traurig den Kopf. Mace Windu bewegte sich unruhig neben ihm hin und her. „Also ist es geschehen", sagte er schwermütig. Er sah Yoda an. „Ich werde mit allen abkömmlichen Jedi nach Geonosis gehen, um Obi-Wan zu helfen."

Damit blieb die andere Aufgabe bei Yoda. Er akzeptierte und nickte. „Besuchen ich werde die Kloner auf Kamino und ansehen ich mir werde diese Armee der Republik." *Und um zu sehen, ob einen Weg es noch gibt, zu vermeiden diesen Krieg.*

Das Raumschiff nach Geonosis zu fliegen war leicht – allzu leicht. Anakin war noch immer verstört und unsicher und er brauchte etwas, das ihn davon abhielt nachzudenken. Angst umschloss sein Herz. Die Angst, wieder die Kontrolle zu verlieren. Die Angst, dass Obi-Wan bereits tot war. Angst, dass Obi-Wan noch am Leben war und ihn für das, was er getan hatte, verabscheuen würde. Es half auch nichts, dass er sich immer wieder sagte, dass Obi-Wan ein Jedi war und dass Jedi nicht hassten. *Ich bin ein Jedi und ich hasse diese Tusken-Räuber.*

Der Gedanke daran verursachte ihm Magenkrämpfe und rief ihm die Erinnerung an das blutige Lager wieder ins Gedächtnis. Er kämpfte gegen seine Tränen an, unfähig zu sagen, ob es Tränen der Reue oder des Hasses waren. Um sich abzulenken, lehnte er sich nach vorn über das Instrumentenfeld. Vielleicht gab es eine Möglichkeit, schneller nach Geonosis zu kommen ...

Den letzten Rest an Geschwindigkeit aus dem Raumschiff zu kitzeln, beschäftigte Anakins Gedanken bis zum Ende der Reise. Als sie schließlich den Planeten erreicht hatten, zeigte R2-D2 ihnen den Bereich, aus dem Obi-Wans Nachricht abgesetzt worden war und sie flogen darauf zu. Anakin hielt das Schiff dicht über dem Boden – einerseits, um nicht entdeckt zu werden, und andererseits, weil die vielen Felsformationen seine Konzentration völlig in Anspruch nahmen. Padmé hielt nach einem Ort Ausschau, an dem sie das Raumschiff verstecken konnten.

„Siehst du diese Rauchsäulen direkt vor uns?", fragte Padmé plötzlich und zeigte dorthin. „Das sind irgendwelche Abluftschächte."

„Das wird reichen", sagte Anakin, lenkte das Raumschiff in einen der Felskamine und landete es auf dem Grund. Als er die Maschinen abschaltete, drehte sich Padmé zu ihm um.

„Hör mir zu. Was auch immer dort unten geschieht: richte dich nach mir", sagte sie zu ihm. „Ich bin nicht daran interessiert, in einen Krieg zu geraten. Vielleicht finde ich eine diplomatische Lösung für dieses Durcheinander."

„Keine Sorge", sagte Anakin und rang sich ein Lächeln ab. „Ich habe es aufgegeben, dir zu widersprechen." Doch er fragte sich, ob sie dachte, dass er nach seinen Taten auf Tatooine diese Warnung *brauchte*.

R2 pfiff jammernd, als Anakin und Padmé das Schiff verließen. Anakin nickte dem Droiden gedankenverloren zu. Er konzentrierte sich darauf, mit Hilfe der Macht Lebensformen zu spüren, denen sie aus dem Weg gehen mussten.

Die breiten unterirdischen Korridore schienen leer zu sein, doch Anakin fühlte sich nicht wohl. Das Gefühl wurde stärker, je tiefer sie in die Stadt hinein gerieten. Irgendwann blieb er plötzlich stehen. „Warte", sagte er zu Padmé und konzentrierte sich. Da war etwas … hinter … und über ihnen …

Anakins Lichtschwert fiel in seine Hand und er wirbelte genau in dem Augenblick herum, als eine große, insektenartige Kreatur auf ihn herabsprang. Er schlug sie nieder, doch es kamen noch mehr. Padmé rannte durch eine Tür am Ende des Korridors. Anakin schlug noch drei von den Kreaturen nieder und folgte ihr.

Sie fanden sich auf einem schmalen Laufsteg über einer Art Fabrik voller Droiden, Förderbänder und lärmender Maschinen wieder. Die Tür schloss sich hinter ihnen und der Laufsteg zog sich zurück. Einen Augenblick später strömten noch mehr geflügelte Kreaturen in den Raum.

Anakin hob sein Lichtschwert, während Padmé versuchte, die Tür zu öffnen. Doch es gab keinen Schalter auf ihrer Seite. Der Vorsprung, auf dem sie standen, wurde schmaler und schmaler. Padmé warf Anakin einen Blick zu und sprang dann – zu seinem Entsetzen – hinunter.

„Padmé!“, rief Anakin und sprang ihr hinterher. Sie war auf einem der Förderbänder gelandet und befand sich bereits recht weit vor ihm. Er lief auf sie zu, doch die geflügelten Kreaturen griffen an und er musste stehen bleiben, um sie abzuwehren.

Eines der fliegenden Biester griff Padmé an. Anakin schlug verzweifelt auf die Kreaturen ein, die ihn umgaben, doch es kamen immer mehr und sie stellten sich ihm in den Weg. Aus dem Augenwinkel sah, wie sie in einen riesigen, leeren Bottich fielen. Es war einer aus einer ganzen Reihe, die sich neben einem anderen Förderband herschob. *Wenigstens können diese Biester darin Padmé nichts antun*, dachte er und schnitt einige von ihnen entzwei. Doch dann sah er, worauf sich der Bottich zubewegte – auf einen riesigen Kessel, der sich gerade mit geschmolzenem Metall füllte.

Padmé! Der Bottich war zu tief und zu glatt, als dass sie daraus herausklettern könnte. *Sie wird umkommen – nein, Padmé. Bitte nicht ...* Als er sich abmühte, sie durch die Wolken aus fliegenden Angreifern zu erreichen, sah er eine gedrungene, zylindrische Form auf Raketendüsen vorbeifliegen. Ein winziger Teil seines Verstandes fragte sich, was R2-D2 da machte, doch er war zu sehr damit beschäftigt zu kämpfen, um sich weitere Gedanken über den Droiden zu machen. *Padmé ...*

Anakin rutschte ab. Er fiel zur Seite und landete in einer Gussform. Er rutschte erneut ab und sein Arm verfing sich in der Maschine. Langsam zog sie ihn auf einen riesigen Schneideapparat zu. Er zog und zerrte – ohne Erfolg. *Nein! Ich muss Padmé erreichen!*

Ein triumphierendes Pfeifen durchschnitt die Luft. *Das klang wie R2.* Anakin drehte den Kopf und sah, wie einer der Kübel kurz vor der Füllstation umkippte. Padmé rollte heraus und auf einen Laufsteg. *R2 muss den Kontrollcomputer umprogrammiert haben,* dachte er, als das Schneidemesser direkt vor ihm niedersauste. Er musste seine ganze Aufmerksamkeit seiner eigenen Misere zuwenden.

Er drehte sich und versuchte, dem Schneidegerät auszuweichen. Das Lichtschwert hielt er in der eingeklemmten Hand. Er aktivierte es in der Hoffnung, es so weit drehen zu können, dass er sich selbst befreien konnte.

Das Schneideblatt kam wieder herunter und zerschmetterte das Lichtschwert. Der nächste Schlag würde ihm den Arm abhacken … doch dann blieben die Maschinen reglos stehen.

Anakin sah auf. Er war umgeben von Droidicas. Weiter unten sah er Padmé, ebenfalls umstellt. Eine gepanzerte Gestalt kam mit einem Jetpack von der Decke geschwebt – *das ist der Kopfgeldjäger, den wir suchen* – und richtete einen Blaster auf ihn.

„Keine Bewegung, Jedi“, sagte der Kopfgeldjäger.

Das war es dann wohl mit Obi-Wans Rettung, dachte Anakin voller Bitterkeit. *Ich konnte Mom nicht retten und jetzt habe ich Padmé geradewegs zu den Leuten gebracht, die sie umbringen wollen. Ich habe auf ganzer Linie versagt.*

Als die Geonosianer sie nicht sofort umbrachten, begann Padmés Verstand schnell zu arbeiten. Als die Wachen sie und Anakin in einen großen Konferenzraum brachten, war sie ruhig und auf alles gefasst. Als sie hereinkamen, sah sie Count Dooku an einem großen Tisch sitzen. Hinter ihm stand der Kopfgeldjäger und überall waren geonosianische Wachen, obwohl die Bewacher als Erstes Anakins und Padmés Waffen eingesammelt hatten. *Sie gehen keinerlei Risiko ein,* dachte sie.

Bevor irgendjemand etwas sagen konnte, trat Padmé einen Schritt nach vorn. „Ihr haltet einen Jedi-Ritter namens Obi-Wan Kenobi gefangen", sagte sie in ihrem besten Senatorinnen-Tonfall. „Ich fordere Euch offiziell auf, ihn mir auszuliefern. Sofort."

Count Dooku sah sie ruhig an. „Er wird der Spionage beschuldigt, Senatorin", sagte er. „Und er wird exekutiert, in ein paar Stunden, glaube ich." Er lächelte leicht, so als würde es ihm Vergnügen bereiten.

„Er ist ein offizieller Gesandter der Republik!", sagte Padmé zornig. „Das könnt Ihr nicht tun!"

„Wir erkennen die Republik nicht an, Senatorin", gab Dooku zurück und lächelte wieder. „Aber ..., wenn Naboo sich unserer Allianz anschließen würde ..."

Das ist also sein Spiel. Sie war Naboos offizielle Repräsentantin in galaktischen Fragen. In machen Dingen hatte sie ebenso viel Macht wie die Königin. Wenn sie Naboo den Separatisten zusprach, wären die Königin und ihr Planet an ihre Entscheidung gebunden. Sie hörte Dookus geschmeidigen Argumenten mit halbem Ohr zu. *Ich kann meinen Planeten und meine Prinzipien nicht verraten. Nicht einmal für Obi-Wan, nicht einmal für Anakin.* Sie konnte Anakin nicht sehen. Er stand hinter ihr, worüber sie beinahe froh war. Sie war sich nicht sicher, ob sie es im Augenblick ertragen würde, ihn anzusehen. *Oh Anakin, es tut mir so Leid, dass ich dich in all dies hineingezogen habe.*

Schließlich sah die Dooku an und sagte: „Ich werde nicht alles, was ich geehrt und wofür ich gearbeitet habe, aufgeben. Ich werde die Republik nicht verraten."

Count Dooku seufzte. „Dann werdet Ihr also Eure Jedi-Freunde verraten? Ohne Eure Kooperation kann ich nichts tun, um ihre Exekution zu verhindern."

„Und was ist mit mir?", fragte Padmé mit erhobenem Kinn.

„Es gibt Individuen, die ein starkes Interesse an Eurem Rücktritt haben, Mylady", sagte Dooku. „Das hat nichts mit Politik zu tun, es ist rein persönlich."

Nute Gunray von der Handelsföderation, dachte Padmé. *Obi-Wan hatte in seiner Nachricht gesagt, dass er hinter den Mordanschlägen steckte. Er hasst mich, weil ich bei seiner Naboo-Invasion vor zehn Jahren einen erfolgreichen Gegenschlag geführt habe.*

„Ich bin sicher, sie werden sich energisch dafür aussprechen, dass Ihr ebenfalls exekutiert werdet", fuhr Dooku fort. „Ohne Eure Kooperation kann ich nichts mehr für Euch tun."

Count Dooku lehnte sich in seinem Stuhl zurück und der Kopfgeldjäger winkte den Wachen zu. „Schafft sie weg", sagte er barsch.

Die geonosianischen Wachen brachten sie in getrennte Zellen und Padmé hatte Zeit nachzudenken. Je mehr sie nachdachte, desto sicherer war sie, dass sie alle sterben würden. Die Jedi wussten zwar, dass Obi-Wan auf Geonosis war, doch sie konnten ohne Zustimmung des Senats nichts unternehmen und sie hatte selbst lange genug dem Senat gedient, um zu wissen, dass er einer solch schwierigen Rettungsmission erst nach tagelangen Debatten zustimmen würde. Sie ging nicht davon aus, dass die Geonosianer so lange warten würden.

Sie hatte Recht. Ein paar Stunden später wurden Anakin und sie in einen großen Gerichtssaal gebracht. Der Erzherzog von Geonosis und sein Adjutant waren im Gerichtsstand; ihm zur Seite saßen Count Dooku und ein paar Senatoren, von denen sie wusste, dass sie die Separatisten unterstützen. Neben ihnen standen Repräsentanten der meisten Handelsgilden, der Handelsföderation und des Intergalaktischen Bankenclans.

Die Geonosianer kamen gleich zur Sache. „Ihr wurdet der Spionage angeklagt und für schuldig befunden", sagte einer von ihnen und bevor sie etwas erwidern konnten, fragte der Erzherzog: „Habt Ihr noch etwas zu sagen, bevor das Urteil vollstreckt wird?“

„Ihr begeht einen Kriegsakt, Erzherzog“, sagte Padmé. „Ich hoffe, Ihr seid auf die Konsequenzen vorbereitet.“

Der Erzherzog lachte. „Wir bauen Waffen, Senatorin. Das ist unser Geschäft! Natürlich sind wir vorbereitet!“ Er winkte den Wachen zu. „Bringt sie in die Arena!“

Padmés letzte Hoffnung schwand. Die Wachen schleppten sie aus dem Saal und einen schwach beleuchteten Tunnel entlang, wo sie an die Seiten eines kleinen, offenen Wagens gefesselt wurden. Padmé sah niedergeschlagen zu Anakin hinüber. *Das ist alles meine Schuld. Ich habe darauf bestanden, dass wir hierher kommen und jetzt habe ich uns beide in den Tod geführt.*

„Hab keine Angst“, sagte Anakin ernsthaft. Er schien sich mehr Sorgen um sie, als um sich selbst zu machen.

„Ich habe keine Angst vor dem Sterben“, sagte sie. Sie sah zu Boden. Wenn es jemals einen Moment für die Wahrheit gab, dann war er jetzt da. Sie konnte sich nicht mehr selbst belügen – und mit Sicherheit konnte sie Anakin nicht mehr anlügen, nicht einmal, indem sie schwieg. „Seitdem du in mein Leben zurückgekehrt bist, bin ich jeden Tag ein wenig mehr gestorben.“

Anakins Augen weiteten sich „Was meinst du damit?“, fragte er, so als wäre er sich nicht sicher, was er gerade gehört hatte.

Sie würde es ihm erklären. „Ich liebe dich", sagte sie.

„Du liebst mich?" Anakin klang, als wüsste er nicht, ob er wütend oder erfreut sein sollte. „Ich dachte, wir hatten beschlossen, uns nicht zu verlieben. Dass wir gezwungen sein würden, mit einer Lüge zu leben. Dass es unser Leben zerstören würde ..."

Ja, wir haben all diese Dinge gesagt. Doch jetzt stellt es sich heraus, dass ich das nicht rational entscheiden kann. „Ich glaube, unser Leben wird sowieso bald zerstört sein", sagte sie. Sie rang nach den richtigen Worten und fuhr langsam fort. „Meine Liebe zu dir ist ein Rätsel, Annie, auf das ich keine Antworten habe. Ich kann sie nicht kontrollieren – und jetzt ist mir das auch gleichgültig." Sie sah ihm direkt in die Augen und wünschte, dass sie ihn noch einmal berühren könnte. Doch sie waren an gegenüberliegenden Seiten des Wagens gefesselt und sie konnte ihn nicht erreichen. „Ich liebe dich von ganzem Herzen und bevor wir sterben, möchte ich, dass du das weißt."

Anakins Lippen zitterten. Er beugte sich langsam und zögernd nach vorn. Padmé streckte sich nach ihm aus und ihre Lippen trafen sich ein zweites Mal.

Dann wurde der Wagen vorwärts gezerrt und sie verloren das Gleichgewicht. Als Padmé sich wieder gefangen hatte, hörte sie das Brüllen der Menge, das immer lauter wurde und näher kam. Einen Augenblick später fuhren sie aus dem Tunnel hinaus in die Exekutionsarena.

KAPITEL 13

Obi-Wan stemmte sich gegen den Exekutionspfahl in der Mitte der geonosianischen Arena und prüfte noch einmal die Ketten, die seine Arme über seinem Kopf festhielten. Worauf warteten die Geonosianer? Er war nun schon seit über einer halben Stunde hier und die Menge wurde allmählich unruhig. Nicht etwa, dass Obi-Wan es besonders eilig hatte …

Die Menge brüllte und Obi-Wan sah auf. Ein kleiner Wagen rollte in die Arena. Als Obi-Wan die Passagiere sah, seufzte er und schloss einen Moment die Augen. *Ich wusste, dass Anakin etwas Kopfloses unternehmen würde, ich habe es gewusst.*

Aber es hatte keinen Sinn, Anakin jetzt zurechtzuweisen und sein Gesichtsausdruck machte es auch überflüssig. Obi-Wan wartete, während die Geonosianer Anakin an den Pfahl neben ihn ketteten. Aus dem Augenwinkel sah er, wie Padmé hinter dem Rücken der Wachen etwas Kleines in ihren Mund schob, bevor sie sich umdrehten und sie ebenfalls neben Anakin an den Pfosten ketteten.

„Ich hatte mich schon gefragt, ob du meine Nachricht erhalten hast", sagte Obi-Wan, als die Wachen aus der Arena gingen.

„Ich habe sie ganz nach Eurem Wunsch weitergeleitet, Meister", sagte Anakin ernst. Seine Nackenmuskeln zuckten, so als versuche er, zu Padmé zu schauen. „Dann sind wir hergekommen, um Euch zu retten."

Obi-Wan schaute zu seinen angeketteten Armen hoch. „Gut gemacht!"

Oben auf den Rängen sah er, wie sich Nute Gunray und die anderen Delegierten der Handelsföderation und der Handelsgilden in einer Luxusloge mit dem geonosianischen Erzherzog drängten. Count Dooku stand mit seinem Kopfgeldjäger-Leibwächter ganz vorn. Sobald der Wagen die Arena verlassen hatte, kündigte der Erzherzog offiziell an, dass Obi-Wan, Anakin und Padmé getötet werden sollten – so als wüsste das nicht ohnehin jeder in der Arena – und erklärte dann laut: „Lasset die Hinrichtungen beginnen!"

Die Menge brüllte wieder, dieses Mal lauter als zuvor. Auf der anderen Seite der Arena öffneten sich drei breite Tore. Aus dem ersten Tor kam eine gewaltige, breitschultrige Bestie mit großen Hörnern. *Ein Reek*, dachte Obi-Wan. *Kräftig aber dumm.* Durch das zweite Tor kam eine gigantische, katzenartige Kreatur mit langen Reißzähnen – ein Nexu – und das dritte Tor spuckte ein Acklay aus, eine Echse von der Größe eines Raumjägers mit Zangen, die groß genug waren, um einen Mann entzwei zu schneiden. Hinter jedem der Monster ritt eine Horde geonisianischer Lanzenreiter mit langen Speeren auf kleineren Bestien herein.

Die Lanzenreiter trieben die drei Monster zur Mitte der Arena. „Ich habe da ein ganz mieses Gefühl“, sagte Anakin.

„Du übernimmst den da rechts“, sagte Obi-Wan und nickte in Richtung des Reek. „Ich werde die Bestie links davon nehmen.“

„Was ist mit Padmé?“, fragte Anakin.

Obi-Wan sah an Anakin vorbei und lächelte leicht. Padmé hatte das Schloss einer ihrer Fesseln geknackt. *Das hat sie also vor den Wachen versteckt! Einen Dietrich!* Die Kette hatte sie benutzt, um auf ihren Pfahl zu klettern. Dort stand sie ausbalanciert und hantierte abwechselnd mit der anderen Handschelle und zog an der Kette, um sie von dem Pfahl zu lösen. „Wie es aussieht, ist sie wieder obenauf“, sagte Obi-Wan trocken.

Anakin sah verblüfft zu Padmé. Dann schaute er Obi-Wan mit einem Grinsen an, das nur eine Spur der Selbstsicherheit enthielt, die er von seinem Padawan gewohnt war.

Was ist mit ihm passiert? fragte sich Obi-Wan, als die Monster angriffen.

Das Acklay rannte mit offener Zange geradewegs auf Obi-Wan zu. *Diese Dinger sind kurzsichtig,* dachte Obi-Wan. *Wenn ich das richtig abschätze ...* Gerade als das Acklay ihn erreichte, sprang er hinter den Pfahl.

Das Acklay setzte seinen Angriff fort. Seine Zangen schlossen sich genau dort um den Exekutionspfahl, wo der Jedi hätte sein sollen, und das Holz zersplitterte. Obi-Wan riss die Kette los und sah sich um.

Anakin war auf den Rücken des Reek gesprungen und hatte seine Kette um eines der Hörner der Bestie gewickelt. Das Reek schüttelte den Kopf und wehrte sich dagegen. Es würde nicht mehr lang dauern, bis die Kette wieder freikam. Das Nexu versuchte, auf den Pfahl zu klettern und Padmé zu erreichen. Obi-Wan sah, wie sie sich an der Kette herabschwang und das Biest mit beiden Beinen wegtrat. *Padmé kann auf sich selbst Acht geben – zumindest eine Zeit lang.*

Das Acklay hatte den Pfahl jetzt komplett in Splitter zerlegt. Es sah sich mit schüttelndem Kopf um, so als suchte es nach dem wohlschmeckenden Leckerbissen, von dem es wusste, dass er dort irgendwo stecken musste. Es sah Obi-Wan und lief wieder los.

Obi-Wan lief zum Rand der Arena, wo sich die Lanzenreiter mit ihren langen Speeren aufgereiht hatten. Eines der Reittiere bäumte sich überrascht auf. Während sich der Lanzenreiter bemühte, sein Tier zu beruhigen, griff Obi-Wan das Ende des Speeres und riss es ihm aus der Hand. Er rammte das andere Ende in den Boden und nutzte den Schwung und den Speer, um sich über den Lanzenreiter tragen zu lassen.

Dicht hinter ihm donnerte das Acklay in das Reittier und

stieß den Lanzenreiter herunter. Der Geonosianer schrie einmal auf, bevor sich die Zange des Acklay um ihn schloss. Die anderen Lanzenreiter liefen vor dem Angriff des Acklay in alle Richtungen davon, doch sie würden schon bald zurückkommen. *Eines nach dem anderen,* dachte Obi-Wan. Der Speer des Lanzenreiters war keine sonderlich effektive Waffe, doch er konnte ausreichen, wenn er die Bestie nur an der richtigen Stelle traf. Er zielte und warf den Speer.

Der Speer traf das Acklay seitlich am Hals. Es schrie auf, ließ den Leichnam des Lanzenreiters fallen und lief los. *Nun, das hat nicht viel geholfen,* dachte Obi-Wan und duckte sich hinter dem Tier des toten Lanzenreiters.

Das Acklay folgte ihm, allerdings langsamer als zuvor. Obi-Wan hielt sich vor der Bestie, konnte aber den Abstand nicht vergrößern. Dann sah er, wie das Reek auf ihn zukam – mit Anakin und Padmé auf dem Rücken und dem wütenden Nexu dahinter. Anakin hatte offensichtlich eine Möglichkeit gefunden, die Kreatur mit Hilfe der Macht zu lenken. Obi-Wan sprang auf.

Er landete hinter Padmé. Mit einem Blick über die Schulter sah er, wie das Nexu das verwundete Acklay angriff. *Damit sind zwei von ihnen vorerst aus dem Weg. Wenn wir es jetzt schaffen …*

Doch dann öffneten sich rund um die Arena Tore und Droidicas rollten herein. Sie umkreisten das Reek, bauten sich zu voller Größe auf, aktivierten ihre Schilde und brachten ihre mächtigen Blaster in Anschlag. Das Reek schnaubte und schüttelte den Kopf. Es drehte sich im Kreis, um den Security-Droiden zu entkommen, doch die Droidicas waren überall. *Wir sind erledigt. Weshalb schießen sie nicht schon längst?*

Plötzlich machte sich eine allgemeine Stille breit. Obi-Wan sah hoch zur Menge. Seine Augen weiteten sich. Überall in der Arena blitzten blaue und grüne Lichtschwerter auf. *Da oben müssen mindestens einhundert Jedi sein!* Er sah zur Loge des Erzherzogs und seine Kinnlade klappte nach unten. Auf diese Entfernung konnte er die Gesichtszüge des Mannes in der Jedi-Robe nicht erkennen, der neben Count Dooku stand. Doch das musste er nicht. Nur ein Mann trug ein lilafarbenes Lichtschwert. *Meister Windu!*

Als das Reek, auf dem Anakin, Padmé und Obi-Wan saßen, an der Loge des Erzherzogs vorbei trabte, unterdrückte Count Dooku ein Lächeln. Sie waren sicher eine einfallsreiche Truppe, doch auf lange Sicht würden ihnen ihre Tricks nichts bringen.

Neben ihm drehte sich Vizekönig Nute Gunray wütend um. „So war das aber nicht vorgesehen! Jango, erledige sie!"

Dooku gab Fett mit einem Zeichen zu verstehen, dass er dort bleiben sollte, wo er war. Der Neimoidianer war eigentlich genauso unterhaltsam wie die Jedi. „Geduld, Vizekönig", sagte Dooku mit einem leichten Lächeln zu Nute. „Sie wird sterben."

Der Vizekönig schnaubte und wandte sich zurück zur Arena. So unterhaltsam es auch war, seine Frustration zu beobachten, es war an der Zeit, den Dingen ein Ende zu bereiten. Dooku gab ein unauffälliges Zeichen und seine versteckten Droidicas strömten plötzlich aus allen Toren der Arena. Die Menge brüllte auf und Nute Gunray lehnte sich zufrieden zurück. Doch hinter sich, dort wo Jango Fett stand, spürte Dooku etwas Unangenehmes. Er drehte sich um, um zu sehen, was sein Leibwächter gesehen hatte.

Neben Jango stand Mace Windu. Sein Lichtschwert leuchtete in hellem Lila. *Der Lärm der Menge muss das Geräusch des Zündens übertönt haben,* dachte Dooku.

Er verbarg seine Überraschung mit einem eleganten Nicken als Gruß. „Meister Windu, wie freundlich von Euch, uns Gesellschaft zu leisten. Ihr kommt gerade rechtzeitig für den Moment der Wahrheit." Er deutete auf die Arena. „Ich finde, Eure beiden neuen Jungen sollten etwas mehr trainieren."

Master Windus grimmiger Gesichtsausdruck änderte sich nicht. „Es tut mir Leid, Euch enttäuschen zu müssen", sagte er mit tiefer, harter Stimme. „Die Party ist vorüber." Er gab ein Zeichen und überall in der Arena flammten Lichtschwerter auf.

Vergnügt und zufrieden bleckte Dooku die Lippen. *Das wird noch besser, als ich gehofft hatte. Da draußen sind über einhundert Jedi und Meister Windu. Wir werden sie alle töten.* „Mutig, aber töricht, mein alter Jedi-Freund", sagte er sanft zu Mace. „Ihr seid hoffnungslos in der Unterzahl."

„Das sehe ich nicht so", stieß Meister Windu hervor. „Die Geonosianer sind keine Krieger. Ein Jedi kann es mit hundert Geonosianern aufnehmen."

„Es waren nicht die Geonosianer, an die ich dachte", sagte Dooku und ließ sein Lächeln etwas breiter werden. „Wie wird Eurer Meinung nach ein Jedi gegen *eintausend* Kampf-Droiden bestehen?"

Noch während er sprach, tauchten die ersten Super-Kampf-Droiden im Korridor hinter Mace Windu auf. Sie begannen sofort zu feuern. Meister Windu lenkte die Schüsse mit Leichtigkeit ab, doch dafür musste er seine Aufmerksamkeit von den anderen in der Loge des Erzherzogs abwenden. Jango Fett hob sofort seinen Flammenwerfer und feuerte.

Meister Windu sprang zur Seite, doch die Flammen erfassten den Saum seiner Robe und entzündeten sie. Als noch mehr Kampf-Droiden in die Arena strömten, sprang er über die Mauer in den Sand in der Tiefe. Count Dooku schüttelte angesichts solch törichten Starrsinns den Kopf und lehnte sich zurück, um das Spektakel zu genießen. *Ja, das wird wirklich sehr interessant werden.*

Einen Moment war Obi-Wan erleichtert, als er Meister Windu sah. Dann strömten aus allen Richtungen Kampf-Droiden in die Arena. Die Geonosianer flohen, als Energieblitze durch die Luft zuckten. *So viele Droiden! Können wir ...*

Das Reek bäumte sich auf und Obi-Wan wurde abgeworfen. Er rollte sich auf dem Boden ab und wich einem Energieblitz aus. Die Droidicas feuerten. Er würde ihnen nicht lange ausweichen können. Er brauchte ein Lichtschwert.

Wie als Antwort auf seine Gedanken flog ein Lichtschwert auf ihn zu. Er fing es auf und aktivierte es in einer einzigen fließenden Bewegung, salutierte den beiden Jedi, die es ihm zugeworfen hatten und schickte vier Energieblitze zu den Kampf-Droiden zurück. Er sah, dass auch Anakin jetzt wieder ein Lichtschwert hatte. Und Padmé hatte irgendwo einen Blaster gefunden.

Der Kampf war der heftigste, den Obi-Wan jemals erlebt hatte. Er war um einiges heftiger, als der Krieg auf Naboo es gewesen war. Die Kampf-Droiden drangen ohne Unterlass auf sie ein. Ganz gleich wie viele sie vernichteten, es kamen immer mehr. Einmal während des Kampfes stand er Rücken an Rücken mit Mace Windu. Sie schienen Fortschritte zu machen, doch dann flog Jango Fett mit seinen Raketen in den Kampf hinab. Mace stürzte sich auf den Kopfgeldjäger und Obi-Wan war wieder auf sich gestellt.

Es sind einfach zu viele! Obi-Wan hatte den Überblick darüber verloren, wie viele Kampf-Droiden er schon niedergestreckt hatte. Er spürte, wie Jedi um ihn herum starben, überrannt von dieser wahnsinnigen Übermacht. Der

Sand der Arena war vom Blut getränkt und voller Droidenteile, doch es kamen immer mehr der Killer-Maschinen. Die drei Exekutionsmonster waren tot – Obi-Wan erinnerte sich dunkel, dass er das Acklay selbst getötet hatte – doch das machte kaum noch einen Unterschied.

Plötzlich stellten die Droiden das Feuer ein. Obi-Wan senkte seine müden Arme und sah sich um. Mace Windu, Padmé, Anakin und vielleicht zwanzig Jedi standen in der Mitte der Arena, umzingelt von Kampf-Droiden. *Nur zwanzig!*, dachte er erschrocken. Es mussten mindestens hundert Lichtschwerter in der Arena geleuchtet haben, als er vorhin aufgesehen hatte. Die anderen Jedi mussten alle tot sein.

„Meister Windu!" Count Dookus Stimme hallte durch die Arena. „Ihr habt ehrenhaft gekämpft. Ihr seid einer Erwähnung im Geschichtsarchiv des Jedi-Ordens würdig. Nun ist es vorüber." Er hielt einen Moment inne und fügte dann hinzu: „Ergebt Euch und Euch wird das Leben geschenkt."

„Wir lassen uns auf keinen Fall zu Geiseln machen, Dooku." Mace Windus tiefe Stimme klang entschlossen, obwohl er wusste, wie Dookus Antwort ausfallen würde.

„Dann tut es mir Leid, alter Freund", sagte Count Dooku. „Wir werden Euch vernichten müssen." Er hob die Hand und die Kampf-Droiden hoben die Waffen.

„Seht!", rief Padmé. Obi-Wan schaute sich schnell um. Er war verwirrt, denn er sah nur Kampf-Droiden. Dann wurde ihm klar, dass Padmé nach oben zeigte. Er legte den Kopf in den Nacken und sah, wie sich sechs Kanonenboote durch die Öffnung über der Arena senkten.

Die Schiffe landeten in einem Ring zwischen dem winzigen Kreis der Jedi und den geonosianischen Kampf-Droiden. Die Arena wurde von gleißendem weißen Licht erfüllt, als tausende von Super-Kampf-Droiden ihre Laser abfeuerten – deren Blitze von den Schilden der Kanonenboote abprallten. Obi-Wan starrte ungläubig und erstaunt auf die Szenerie. *Wer sind sie? Und woher kommen sie?*

Dann strömten Truppen in weißer Körperpanzerung aus den Schiffen und er wusste die Antwort. *Die Klonarmee! Aber wie …?* Die Klontruppler schwärmten schnell aus, feuerten ihre tödlichen Blitze auf die Droiden und trieben sie zurück.

Meister Yoda erschien im Einstieg eines der Schiffe und gab den verdutzten Jedi ein Zeichen. „Schnell!“, rief er.

Alle liefen zu den Kanonenbooten. Während Obi-Wan an Bord des nächsten Schiffes ging, warf er noch einen Blick auf die Loge des Erzherzogs. Sie war leer. Er schaute nach unten und sah den Klonjungen, Jango Fetts Sohn, in der Nähe einer Mauer. Der Junge kniete neben dem zerschlagenen Helm, den sein Vater getragen hatte. *Also hat Mace Windu den Kopfgeldjäger erledigt,* dachte Obi-Wan. Der Junge tat ihm Leid und er fragte sich, was wohl aus ihm werden würde. Doch im Augenblick konnte er nichts weiter für ihn tun.

Diese Angelegenheit ist noch nicht beendet, dachte er, als sich die Kanonenboote aus der Arena erhoben. *Es stehen noch immer die Kernschiffe der Handelsföderation im Landebereich.*

Und da ist noch Count Dooku, um den wir uns kümmern müssen.

KAPITEL 14

Anakin wusste, dass der Kampf noch nicht vorbei war, doch er war froh, dass er sich kurz ausruhen konnte. Padmé befand sich an Bord in Sicherheit und es gab keine Kampf-Droiden in Reichweite seines Lichtschwerts. Die weiß gepanzerten Truppen im Kanonenboot feuerten noch ein letztes Mal durch die offene Luke auf die wenigen Kampf-Droiden, die noch immer in der Arena standen. Dann hob das Kanonenboot ab und sie waren endlich draußen.

Draußen – aber nicht aus dem Kampf. Anakin krampfte unwillkürlich die Hand um sein geliehenes Lichtschwert. Unendliche viele Kernschiffe und Droiden der Handelsföderation bedeckten den Boden rund um die Arena. *Kein Wunder, dass sie in solchen Mengen kamen!*, dachte Anakin benommen. Er hatte keine Ahnung gehabt, dass es so viele davon gab.

Doch die Schiffe der Handelsföderation wurden angegriffen. Tausende von Männern in weißen Kampfpanzerungen feuerten immer wieder in die Reihen der Schiffe.

Dazwischen sah Anakin, wie Angriffsschiffe der Republik landeten – und noch mehr Männer, die sich in die Schlacht stürzten.

„Seht da vorne!“, rief Obi-Wan von der anderen Seite des Kanonenboots. „Dort drüben!“

Anakin spähte aus der offenen Seite des Kanonenboots. Ein geonosianischer Gleiter entfernte sich schnell vom Kampfgeschehen. Im offenen Cockpit saß die schwarz gekleidete Gestalt von Count Dooku.

„Das ist Dooku!“ Anakin drehte sich zum Piloten des Kanonenbootes um. „Folgt ihm!“

Der Pilot nickte und das Kanonenboot drehte ab. Plötzlich explodierte etwas unter dem Schiff. Das Schiff kippte zur Seite. Padmé war unvorbereitet und wurde in eine Ecke des Schiffes geschleudert. Anakin griff nach ihr, doch er hatte sein Gleichgewicht verloren und war zu weit weg. Padmé fiel hinaus.

„Padmé!“ schrie er voller Schrecken. „Bringt das Schiff nach unten! Sofort runtergehen!“, rief er verzweifelt zum Piloten.

Obi-Wan lief los. „Lass nicht zu, dass deine persönlichen Gefühle dich von deinem Weg ablenken“, sagte er streng zu Anakin. Er wandte sich an den Piloten, winkte in Richtung des fliehenden Count Dooku und befahl: „Folgt dem Gleiter.“

Anakin starrte Obi-Wan an. „Landen“, sagte er zum Piloten. „Sofort!“

Der Helm des Pilot drehte sich verwirrt von Obi-Wan zu Anakin.

Obi-Wan schien es nicht wahrzunehmen. Sein Blick lag auf Anakin. „Anakin, ich kann es nicht allein mit Dooku aufnehmen.“, sagte er. „Ich brauche dich. Und wenn wir ihn fangen, können wir diesen Krieg sofort beenden. Wir müssen eine Aufgabe erledigen.“

„Das ist mir egal“, sagte Anakin. Er würde es nicht ertragen, wenn er nach allem, was er durchgemacht hatte, Padmé verlieren würde. „Setzt das Schiff *ab.*“

„Man wird dich aus dem Orden der Jedi ausschließen“, warnte Obi-Wan ihn.

Anakin schluckte und sah zurück. Padmé war an den Fuß einer Sanddüne gerollt. Der Sand war weich; es war möglich, dass es ihr gut ging. *Es muss ihr gut gehen.* Doch er konnte es nicht mit Sicherheit sagen und die Kampf-Droiden der Handelsföderation waren in der Nähe. „Ich kann sie nicht zurücklassen“, sagte er leise.

„Komm zur Vernunft“, sagte Obi-Wan scharf.

Anakin schaute auf, verwirrt und leicht verärgert über den Tonfall seines Meisters. Dann sah er Obi-Wans Augen. Sie waren voller Verständnis und Mitgefühl, aber dennoch unnachgiebig. „Was würde die Senatorin deiner Meinung nach tun, wenn sie an deiner Stelle wäre?“, fragte Obi-Wan leise.

Anakin rang mit sich, ob er eine Antwort darauf verweigern sollte. „Sie würde ihre Pflicht tun“, sagte er niedergeschlagen. Er drehte sich weg, als Obi-Wan den Piloten anwies, das Schiff wieder auf Kurs zu bringen. Er sah der regungslosen Padmé nach, bis sie außer Sichtweite war.

Sie folgten Count Dooku zu dem Tower eines Hangars. Das Kanonenboot landete gerade lange genug, damit Obi-Wan und Anakin abspringen konnten. Dann, während die Jedi hineinliefen, flog es zurück zur Hauptschlacht. Sie fanden Dooku an einem Kontrollfeld des Hangars. Ein kleiner, schneller Solarsegler stand startbereit vor den Türen des Hangars.

Er will fliehen, dachte Anakin. Hass erfüllte ihn. „Ihr werdet für all die Jedi bezahlen, die Ihr heute getötet habt, Dooku!", sagte er, als der hoch gewachsene Mann von den Kontrollen aufsah.

Obi-Wan zog sein Lichtschwert. „Wir greifen ihn gemeinsam an", sagte er. „Du gehst langsam ..."

„Nein", sagte Anakin. Seine Wut wandelte sich in den hasserfüllten Zorn, den er auf Tatooine im Lager der Tusken-Räuber gespürt hatte. Wenn er wartete und langsam voranging, würde er wieder die Kontrolle verlieren. *Ich bin ein Jedi! Ich darf nicht so fühlen!* „Ich greife ihn jetzt gleich an!"

„Anakin, nein!", rief Obi-Wan, als Anakin loslief. Anakin zögerte beinahe. Doch Obi-Wan wusste nichts über Tatooine und die Tusken-Räuber. Obi-Wan durfte es auch niemals erfahren. Und die einzige Möglichkeit, zu vermeiden, dass Obi-Wan ihn im selben kopflosen Wahn sah, war, dass Anakin jetzt gleich angriff, solange er noch die Kontrolle über sich hatte.

Count Dooku lächelte leicht, als Anakin näher kam. Der Jedi-Schüler hob sein Lichtschwert und spürte eine Erschütterung der Macht. Dooku streckte den Arm aus und Anakin wurde gewaltsam durch die Luft geschleudert. Es blieb ihm nur ein kurzer Augenblick, um zu erkennen, dass er schon wieder versagt hatte, bevor er so hart gegen die Hangarwand schlug, dass er das Bewusstsein verlor.

Als Anakin an der Wand heruntergliitt, griff Obi-Wan nach der Macht. Erleichtert stellte er fest, dass Anakin nicht ernsthaft verletzt war. Doch er konnte nicht darauf warten, dass sein Schüler sich erholte. Count Dooku bewegte sich bereits auf ihn zu.

„Wie Ihr seht, sind meine Jedi-Kräfte den Euren weit überlegen“, sagte Dooku lässig.

„Das glaube ich kaum“, gab Obi-Wan zurück. Er wusste, dass er allein keine große Chance hatte, gegen Dooku zu gewinnen. Count Dooku war nicht nur ein exzellenter Schwertkämpfer, er war auch ausgeruht und frisch, während Obi-Wan bereits vom Kampf in der Arena erschöpft war. *Aber ich muss es versuchen*, dachte Obi-Wan. Er hob sein Lichtschwert.

Dooku lächelte und parierte den ersten Hieb mit Leichtigkeit. Er musste sich nicht einmal richtig bewegen, um auch den zweiten und dritten Hieb zu parieren. „Meister

Kenobi, Ihr enttäuscht mich ein wenig", sagte er. „Yoda hält so große Stücke auf Euch."

Er versucht, mich abzulenken. Obi-Wan kämpfte verbissen weiter. Seine Erschöpfung begann sich bemerkbar zu machen, sein Atem kam nur noch in harten Zügen. Er ging einen Schritt zurück und hoffte auf eine kurze Kampfpause.

„Kommt schon, Meister Kenobi", spottete Count Dooku. „Befreit mich aus meiner misslichen Lage."

Obi-Wan holte tief Luft, packte sein Lichtschwert fester an und warf sich wieder in den Kampf. Dooku wich vor dem heftigen Angriff zurück und einen Augenblick hoffte Obi-Wan, dass er Dooku besiegen konnte. Doch selbst mit Hilfe der Macht war er einfach zu müde, um dieses Tempo lange aufrecht zu erhalten. Dooku gewann wieder an Boden.

Während Obi-Wan zurückwich, schlug Dooku in immer kürzeren Abständen zu. Jede seiner Bewegungen war ausgewogen und elegant. Sein Lichtschwert schien überall zu sein. Obi-Wan erinnerte sich daran, dass Jocasta Nu ihm das gesagt hatte. *Mit dem Lichtschwert, im alten Fechtstil, machte ihm keiner etwas vor.* Jetzt spürte er unglücklicherweise am eigenen Leib, was sie gemeint hatte …

Obi-Wan versäumte eine Parierbewegung und Dookus Lichtschwert fuhr geradewegs in seine Schulter. Der Schmerz war furchtbar. Sein Lichtschwert wurde um einen fatalen Bruchteil langsamer und Dookus Waffe schlitze seinen Schenkel auf.

Das Bein gab nach und Obi-Wan stolperte rückwärts gegen die Wand. Sein Lichtschwert fiel ihm aus der Hand und rutschte über den Boden davon. Er sah, wie Dooku den Arm für den finalen Hieb hob und sammelte sich.

Count Dooku ließ seine Waffe herabsausen – und traf damit gegen einen gleißend hellen Balken aus blauem Licht. Anakin stand über Obi-Wan. Sein Gesicht war eine Maske grimmiger Entschlossenheit. Er trieb Dooku mit seinem Lichtschwert zurück und von seinem Meister weg.

„Das ist sehr mutig von dir, mein Junge", sagte Dooku ruhig. „Aber sehr töricht. Ich hatte angenommen, dass du deine Lektion gelernt hast."

„Ich lerne langsam", sagte Anakin und griff an.

Zu Obi-Wans Überraschung brachte seine Attacke Dooku aus dem Gleichgewicht und trieb ihn zurück. Der war ebenso überrascht wie Obi-Wan, erholte sich aber schnell.

„Du hast ungewöhnliche Kräfte, junger Padawan", sagte Dooku zu Anakin. „Aber nicht genug, um dich dieses Mal zu retten."

„Darauf würde ich nicht wetten!", gab Anakin zurück.

Aber Dooku hat Recht, dachte Obi-Wan durch den Nebel aus Schmerz und Erschöpfung. *Anakin kann es nicht mit ihm aufnehmen ... es sei denn, Anakin unternimmt etwas Unerwartetes.* Er brachte all seine verbliebenen Kräfte auf und griff mit der Macht hinaus. „Anakin!", rief er und warf sein Lichtschwert seinem Schüler zu.

Anakin fing die Waffe mit seiner freien Hand und griff

erneut an. Doch selbst mit zwei Lichtschwertern konnte er Count Dooku nicht lange zurückhalten. Der ehemalige Jedi lächelte und begann, mit ihm zu spielen; er schlug Anakin das zweite Lichtschwert aus der Hand.

Zieh dich zurück, dachte Obi-Wan. *Geh ihm aus dem Weg.* Doch Anakin zog sich nicht zurück. Er wurde zurückgedrängt. Sie hatten im Zweikampf jetzt beinahe einen vollen Kreis vollführt und waren wieder dort angekommen, wo Obi-Wan lag. Dooku lächelte – Obi-Wan war sich nicht sicher, wen er anlächelte – und seine Klinge bewegte sich so schnell, dass sie fast nicht mehr zu sehen war. Anakin schrie auf, als sein rechter Arm zu Boden fiel, abgeschnitten am Ellbogen. Er fiel neben Obi-Wan zu Boden und krümmte sich vor Schmerz. Dooku sah zu den beiden Jedi hinab und bereitete sich auf den tödlichen Hieb vor.

Yoda drückte auf den Schalter und öffnete die Türen des Hangars. Der Kampf mit den Droiden der Handelsföderation war beinahe zu Ende. Er wurde dort nicht mehr gebraucht. Hier, das spürte er, musste er sein.

Die Türen glitten langsam auf und Yoda ging hinein. *Ja, gebraucht ich werde hier,* dachte er, als er Count Dooku über den zusammengesunkenen Gestalten von Obi-Wan und Anakin sah. Er blieb am Eingang des Hangars stehen und wartete ab.

Count Dooku sah ihn und trat von Anakin und Obi-Wan

zurück. Yoda nickte zum Gruß und voller Bedauern. „Count Dooku."

„Meister Yoda." Dookus Tonfall war beinahe spöttisch, doch Yoda spürte auch eine gewisse Ungeduld darin – Ungeduld und etwas Dunkleres. Dookus Gesichtszüge verhärteten sich, als er fortfuhr. „Eure Einmischung in unsere Pläne hat nun ein Ende."

Pläne der Eroberung, dachte Yoda traurig. *Ein Jedi aber sucht keine Macht.* Ja, Dooku hatte den Weg des Jedi-Ordens verlassen. Er wusste, dass Dooku immer mehr an Macht gewonnen hatte, und ließ gleichermaßen schockiert und besorgt den Kopf sinken, als er die wahre Quelle von Dookus wachsenden Fähigkeiten spürte. Einen Augenblick später hob Count Dooku die Hände und sandte einen Strom tödlicher Macht-Blitze auf ihn.

Yoda blockte die Blitze automatisch ab. Er war voller Trauer über diesen endgültigen Beweis für Dookus Verrat. Nur die, die sich der Dunklen Seite der Macht zuwandten, missbrauchten ihre Kräfte derart. Yoda hatte es befürchtet, seitdem Dooku den Jedi-Orden verlassen hatte, doch erst jetzt war er sich sicher. Sein ehemaliger Schüler hatte nicht nur den Weg der Jedi verlassen; er hatte alles verraten, wofür er einst eingetreten war. Er war zur Dunklen Seite der Macht übergetreten. „Viel zu lernen du noch immer hast", sagte Yoda zu ihm.

Da sein Angriff gänzlich fehlgeschlagen war, blickte Dooku erstaunt drein. Dann verengten sich seine Augen zu Schlitzen. Er ließ die Hände sinken. „Es ist offensichtlich, dass dieser Wettkampf nicht durch unsere Kenntnisse der Macht, sondern durch unsere Fertigkeiten mit dem Lichtschwert entschieden wird“, sagte er. Er zündete seine Waffe, noch während er sprach, erneut und ließ sie in dem formalen Gruß wirbeln, den Yoda ihm vor vielleicht fünfzig Jahren beigebracht hatte.

Yoda zog sein Lichtschwert und erwiderte den Gruß. Er war zwar nicht an einem Wettbewerb interessiert, dafür aber sehr wohl daran, Count Dooku aufzuhalten. Und der ließ ihm keine andere Wahl.

Count Dooku lief los. Yoda seufzte. *Nichts er gelernt hat. An nichts er sich erinnert.* Er schloss die Augen, senkte den Kopf und spürte die Macht, die alle Dinge miteinander verband – sogar ihn selbst und Dooku. Sein Lichtschwert bewegte sich mühelos im Fluss der Macht, um den Balancepunkt zwischen den beiden Gegnern zu finden und jeden von Dookus Hieben abzublocken. Er musste nicht einmal zurückweichen.

Dookus Angriff wurde immer verzweifelter, doch es nutzte nichts. Schwer atmend wich er zurück, doch Yoda folgte ihm nicht. Es war nur wichtig, Dooku aufzuhalten. Und er würde nicht an Yoda vorbei zu seinem Solarsegler gelangen.

Count Dooku wurde noch einmal langsamer und hielt dann inne. Die Klinge seines Lichtschwerts lag auf der von Yodas. Yoda spürte, wie Dooku nach der Dunklen Seite griff, um Yodas Schwert zurückzudrücken. Doch die Dunkle Seite war nur ein leichterer Weg, kein stärkerer. Unterstützt von der Kraft der wahren Macht ließ sich Yodas Lichtschwert nicht bewegen.

„Gut gekämpft du hast, mein alter Padawan", sagte Yoda sanft. Er sagte ihm damit die Wahrheit, obwohl er wusste, dass Dooku sie nicht hören wollte. Er war niemals glücklich damit gewesen, nur *gut* gekämpft zu haben. Er musste immer *der Beste* sein. Aber dieses Mal war er es nicht.

„Das ist erst der Anfang", schnaubte Dooku.

Yoda spürte ein großes Aufbäumen in der Macht, als Count Dooku einen der Arbeitskräne aus dem Gleichgewicht riss. Die Masse aus Metall und Draht raste geradewegs auf Obi-Wan und Anakin zu. Yoda spürte, wie die beiden erschöpften, verletzten Jedi nach der Macht griffen, um den Kran aufzuhalten, doch sie hatten nicht genug Kraft. Der fallende Kran wurde langsamer, fiel jedoch noch immer hinab. Er würde sie bei der Landung mit Sicherheit zerschmettern.

Er musste nicht lange überlegen. *Zu viele Jedi haben wir heute verloren.* Yoda konzentrierte sich auf den Kran. Der blieb plötzlich mitten in der Luft stehen, als wäre er auf einem unsichtbaren Tisch gelandet. Langsam bewegte Yoda den Kran von Obi-Wan und Anakin weg zu einem leeren Teil des Hangars, wo er gefahrlos auf den Boden fallen konnte.

Hinter sich spürte er, wie die Maschinen des Solarseglers starteten und dann in der Ferne verschwanden. Count Dooku war entkommen. Doch Anakin und Obi-Wan waren noch am Leben.

Das zählte vorerst mehr.

KAPITEL 15

Count Dookus Solarsegler näherte sich vorsichtig Coruscant. Der ehemalige Jedi hatte keine Eile. Es war wichtig, nicht entdeckt zu werden – und darin hatte er genügend Erfahrung. Er war sicher, dass er zu seiner Verabredung nicht zu spät kommen würde. Er hatte reichlich Zeit eingeplant.

Das Schiff glitt durch die Warnsysteme von Coruscant, ohne sie auszulösen und segelte auf die Oberfläche des Planeten hinunter. Dooku steuerte auf einen ausgebrannten Bereich zu, der seit acht Jahren verlassen war. Er lag noch immer brach und war daher der ideale Ort, um unbemerkt nach Coruscant zu kommen und zu gehen.

Dooku flog auf eines der Gebäude zu und landete darin, außer Sichtweite. Als er die Rampe seines Schiffes senkte, sah er, dass eine verhüllte Gestalt im Schatten auf ihn wartete. *Er weiß es immer,* dachte Dooku. *Aber das sollte er auch. Deshalb ist er mein Meister.*

Dooku stieg aus seinem Schiff und ging zu der wartenden Gestalt. Er verneigte sich tief. „Die Macht ist mit uns, Meister Sidious."

Sein Meister senkte knapp den Kopf als Zeichen des Grußes. „Willkommen Zuhause, Lord Tyranus", sagte Darth Sidious mit seiner deutlichen, flüsternden Stimme. „Ich bin sehr zufrieden."

„Ich habe erfreuliche Neuigkeiten, mein Lord", sagte Dooku. Obwohl er wusste, dass jeder auf Coruscant bereits davon gehört haben musste, hatten seine Instruktionen gelautet, mit den Nachrichten hierher zu kommen – Darth Sidious fackelte nicht lange mit denen, die auch nur den kleinsten seiner Befehle missachteten. „Der Krieg hat begonnen."

„Exzellent." Sidious' trockene Stimme klang beinahe begeistert und seine Lippen – das Einzige, was unter der tiefen Kapuze von ihm zu sehen war – formten sich zu einem leichten Lächeln. „Alles läuft wie geplant."

Count Dooku erwiderte das Lächeln. *Darth Sidious plant gut und voller Voraussicht. Wir werden bald die Galaxis beherrschen.*

Bald.

Obi-Wan stand neben Mace Windu und starrte aus dem Fenster auf den großen Platz unterhalb des Jedi-Tempels. Yoda saß in der Nähe in einem der Ratssessel. Es war gut, wieder Zuhause zu sein, dachte Obi-Wan. Doch ihm schien, dass Coruscant sich irgendwie verändert hatte. Überall waren Klontruppler in ihren glatten, weißen Körperpanzern zu sehen. Der Senat war der Meinung, dass ihre Präsenz den Leuten ein Gefühl der Sicherheit gab, doch Obi-Wan erinnerten sie nur an den furchtbaren Kampf auf Geonosis und an all die Jedi, die nicht von dort zurückgekehrt waren.

Bacta-Behandlungen hatten seine und Anakins Wunden verheilen lassen, doch nicht einmal dieses mächtige Heilmittel konnte den Arm seines Jedi-Schülers anwachsen lassen. Anakin würde mit einem mechanischen Ersatz leben müssen. Er war nicht der erste Jedi, dem das widerfuhr. *Und wahrscheinlich auch nicht der letzte,* dachte Obi-Wan düster. Count Dooku war entkommen. Er würde zweifelsohne weitere Schwierigkeiten machen.

Der Gedanke daran erinnerte ihn an ein paar Dinge, die Dooku ihm gesagt hatte, und er wandte sich an Meister Windu. „Glaubt Ihr, was Count Dooku gesagt hat? Dass Sidious den Senat kontrolliert?“, fragte er. „Ich habe nicht das Gefühl.“

„Unzuverlässig Dooku geworden ist“, sagte Yoda, bevor Mace antworten konnte. Er senkte die Stimme. „Angeschlossen der Dunklen Seite Dooku sich hat. Lügen, Verrat und Misstrauen säen jetzt seine Methoden sind.“

Meister Windu erhob eine Hand. „Trotz allem sollten wir zukünftig den Senat besser im Auge behalten.“

Yoda nickte. „Dem ich zustimme.“

Mace Windu wandte sich wieder an Obi-Wan. „Wo ist dein Padawan-Schüler?“

„Auf dem Weg nach Naboo“, sagte Obi-Wan. „Er begleitet Senatorin Amidala nach Hause." Anakin hatte ihm von Shmis Tod erzählt. Deshalb waren Padmé und er nach Tatooine gegangen, hatte er gesagt. Obi-Wan hatte später mit Padmé gesprochen. Sie hatte ihm erzählt, dass Shmi von den Tusken-Räubern entführt und getötet worden war.

Keiner von beiden war bereit gewesen, weiter ins Detail zu gehen und nach allem, was Obi-Wan über die Tusken-Räuber wusste, konnte er ihnen keinen Vorwurf machen. Wenn sie seine Mutter gefoltert und getötet hatten, war es nicht verwunderlich, dass Anakin einen verstörten Eindruck machte. Vielleicht würde Anakin eines Tages bereit sein, ihm die ganze Geschichte zu erzählen. In der Zwischenzeit schien Padmés Gegenwart Anakin aufzuheitern und es würde gut für ihn sein, wenn er ein paar Tage auf einem schönen Planeten wie Naboo verbringen konnte. Vielleicht lenkte es ihn von dem grauenhaften Tod seiner Mutter und dem Kampf auf Geonosis ab.

Sie hatten so viele Jedi verloren. Zweihundert waren nach Geonosis gegangen; gerade einmal zwanzig waren zurückgekehrt. Und doch hatten sie gewonnen. „Ich muss zugeben, dass wir ohne die Klone den Sieg nicht davongetragen hätten", sagte Obi-Wan.

„Den Sieg?" Yoda setzte sich ärgerlich in seinem Stuhl auf. „Gesiegt du sagst?"

Obi-Wan drehte sich um. Yoda sah sich in dem beinahe leeren Ratssaal um und ließ traurig die Ohren hängen.

„Meister Obi-Wan, dies war kein Sieg", sagte er leise. „Erst begonnen der Angriff der Klonkrieger hat."

Die Worte hallten in Obi-Wans Kopf nach. Er schloss die Augen und erinnerte sich an die endlosen Reihen von Klonen auf Kamino. Die waren jetzt auf Coruscant – zehntausende von ihnen, die an Bord von Angriffsschiffen der Republik gingen, die sie wiederum zum Kampf auf die Separatistenwelten brachten. Es gab viel mehr dieser Klontruppler, als es Jedi gab und die Kaminoaner hatten noch weitere Millionen in Produktion. *Man braucht mehr Wesen, um einen Krieg zu kämpfen, als man für die Aufrechterhaltung des Friedens braucht*, dachte Obi-Wan düster und bemerkte, dass Yoda Recht hatte. Der Krieg hatte gerade erst begonnen.

Falls Padmé jemals über ihre Hochzeit nachgedacht hatte, dann hatte sie sich eine feierliche Zeremonie mit ihrer Familie und ihren Freunden als Zeugen vorgestellt. Sie hatte niemals, auch nicht in ihren wildesten Träumen, daran gedacht, dass sie heimlich auf einer abgeschiedenen Insel heiraten würde, mit nur zwei Droiden als Zeugen für den Segen des Heiligen Mannes. Doch sie war hier und konnte sich keinen besseren Ort vorstellen, um Anakin zu heiraten, als den Balkon dieses Anwesens am See, wo sie ihre Liebe zu ihm entdeckt hatte. Die Rosen im Garten unten waren verblüht und warfen bei der geringsten Brise ihre Blütenblätter ab. Die welkenden Blumen erfüllten die Luft mit ihrem Duft.

Anakin schien ernst, beinahe traurig, als sie ihre Hochzeitsgelübde austauschten und einen Moment fragte sich Padmé, ob sie das Richtige taten. Doch jetzt war es zu spät, um es sich noch einmal anders zu überlegen. Die Gelübde waren ausgesprochen.

Der Heilige Mann segnete sie und Anakin drehte sich zu ihr, um sie anzulächeln. Padmé lächelte zurück und versuchte, ihre Zweifel zu verdrängen. Er legte seine Hand auf ihre Schulter – seine rechte Hand, die jetzt nur noch eine mechanische Imitation eines richtigen Armes war. Bildete sie es sich nur ein, oder fühlten sich die Drähte und das Metall allzu kühl an ihrem Hals an?

Anakins blaue Augen wurden traurig und sein Lächeln wurde etwas schwächer. Spürte er die Zweifel, die sie zu verbergen versuchte, oder sah sie in seinen Augen nur seine eigene Unsicherheit? *Es würde uns zerstören,* hatte er gesagt und dabei so sicher geklungen als wüsste er es. Doch er hatte so viel verloren. Das sollte er nicht auch noch verlieren. *Es nicht zu tun, würde uns ebenso vernichten,* dachte Padmé. *Wir werden es gemeinsam schaffen. Irgendwie.*

Dann beugte sich Anakin zu ihr hinunter und küsste sie. Sie hatte keine Zweifel mehr. Es gab nur noch Anakin und den Duft der Rosen im Garten.

stell dir eine welt vor,
in der du nie die sonne siehst.
Garth Nix'
Der Siebte Turm™
Die neue Fantasy-Buchreihe aus der Star Wars Schmiede Lucasfilm Ltd.
Band 4:
Jenseits der Grenze
ISBN 3-89748-405-6 • € 8,95 (D)
Der Siebte Turm Band 5:
Die Schlacht beginnt – ab 31. Mai erhältlich.
Band 1:
Sturz in die Dunkelheit
ISBN: 3-89748-402-1
Band 2:
Mauern des Todes
ISBN: 3-89748-403-x
Band 3:
Aenir – Reich der Schatten
ISBN: 3-89748-404-8
entdecke das licht.
Dino
www.DinoAG.de
www.theseventhtower.com
Lucas Books
© 2002 Lucasfilm Ltd. & ™. All rights reserved.

STAR WARS™
DIE COMICSERIE
LUCAS BOOKS
MIT GROSSEM MAGAZINTEIL
UND GEWINNSPIEL AM KIOSK
SONDERBÄNDE IM BUCHHANDEL
Dino entertainment
© 2001 Lucasfilm Ltd. & ™. All rights reserved. Used under authorization.
www.dinocomics.de